KB195216

작별의 헌

작별의

현

강민영
장편소설

네오
픽션

차례

빛나는 조각

햇빛이 희미하게 바다 안쪽을 비추는 정오 무렵 네하는 어스름한 빛을 바라보고 있었다. 빛은 네하가 있는 곳과 멀리 떨어져 있었기에 햇빛이라고 짐작만 할 수 있었다. 하지만 네하는 언제나 그 정도로 만족했다. 일주일 중 단 한 시간 남짓. 이 시간에만 어슴푸레한 빛무리를 구경할 수 있으니 말이다.

물살을 가르고 무언가 다가오는 기척이 느껴지자 네하는 반사적으로 등 뒤를 돌아봤다. 자그마한 크릴새우들이 머리를 훑고 사라졌다. 네하는 희미하게 사라지는 새우 무리를 보며 안도의 숨을 내쉬었다. 아무도 여기까지 올라오지는 않을 테지만 그래도 마음을 완전히 놓을 수 없었다.

오늘은 대청소 날로, 모두가 자신의 구역 근처를 청소하느라 분주한 하루였다. 원래대로라면 네하도 구역 내 자신의 자리를 지키고 있어야 했지만 이 시간을 위해 할 일을 미리 다 마치고 바로 옆 구역의 키라에게도 당부의 말을 해둔 참이었다. 딱 한 시간이면 충분했다. 빛무리를 충분히 보고 나면 곧 자리를 떠날 테니 네하는 누군가에게 들킬 이유도 없다 자신했다.

멀리서 아른거리는 빛은 아주 오묘했다. 꽤 오래전부터 이곳에서 빛을 자주 올려다봤지만 이쪽으로 길게 내려오는 빛줄기는 매번 모양과 형태가 달랐다. 누군가에게 빛은 그저 빛일 뿐이겠지만, 네하는 빛의 변화를 누구보다 예민하게 포착할 수 있다고 자부했다. 어떤 날은 빛이 이쪽으로 말을 건네는 것도 같았고 또 어떤 날은 그저 무심해 보이기도 했다.

호흡법을 배우고 앉은자리에서 일어나 아주 멀리까지 유영하는 법을 배웠던 날, 그때 처음 마주쳤던 발라비 마을 위쪽의 빛은 그 후로 지금까지 네하의 머릿속을 떠난 적이 없었다. 금지된 것에 그토록 매료되는 건 좋지 않다고 키라가 조언했지만 네하는 본능적으로 빛에 끌리도록 설계된 듯 행동했다. 그냥 가만히 보고만 있어도 기분 나쁘거나 울적한 마음이 사라지는 것 같았기 때문이다.

오늘의 빛은 이제껏 본 적 없는 모양으로 이쪽을 향해 길게 뻗어 있었다. 빛의 파동인지 음성인지 아무튼 그런 것들이 평소보다 더 밑으로 내려와 있는 듯했다. 네하는 길쭉하게 퍼져 있는 빛줄기를 면밀히 관찰했다. 확실히 새벽부터 부산하게 움직인 보람이 있었다. 네하는 홀린 듯 팔을 들어 빛 쪽으로 뻗었다. 그러자 손끝에 맺혀 있던 공기 방울이 사방으로 흩뿌려졌다.

"네하!"

아래쪽에서 날카로운 소리가 들려왔다. 네하는 뻗은 손을 재빨리 접고 소리가 들리는 쪽을 바라봤다. 베디 장로였다. 베디의 모습을 확인하고는 반사적으로 도망가려는 태세를 취했으나 이내 단념했다. 이곳은 몸을 숨길 수풀 하나 없고, 어차피 장로에게 들킨 이상 도망쳐도 추궁받기는 매한가지였다. 네하는 마치 커다란 장벽 안에 갇힌 듯 오지도 가지도 못한 채 그 자리에 우두커니 서 있을 수밖에 없었다.

당황하는 네하의 시야에 베디의 커다란 얼굴이 가득 들어왔다. 화가 난 기색이 역력한 울긋불긋한 얼굴이었다.

"청소는 어쩌고 여기 와 있는 거냐?"

네하는 눈을 질끈 감았다 떴다. 하필이면 그 많은 장로 중 베디에게 걸리다니, 운도 참 없다 싶었다.

"분명 집에서 이런 식으로 널 교육하진 않았을 텐데."

베디는 언제나 이런 식이었다. 무턱대고 가족부터 들먹이는 게 베디의 특기이자 베디를 좋아할 수 없게 만드는 이유였다.

네하는 어쩐지 억울하고 창피한 기분이 들었지만 어쩔 수 없었다. 지금 잘 넘어가지 않으면 영영 다시 이곳까지 올라올 수 없을지도 모른다. 입을 다물고 베디의 눈치를 살폈다. 베디는 세 개의 큰 눈을 부릅뜨고 네하의 얼굴을 쳐다봤다.

"네하, 왜 아무 말도 하지 않지?"

네하는 침을 꿀꺽 삼키고 베디와 눈을 맞추며 조심스럽게 답했다.

"장로님, 저는 제가 할 일은 다 마쳤어요. 그리고……."

베디는 눈을 가늘게 뜨고 네하의 온몸 구석구석을 살폈다. 다행인지 모르겠지만, 오늘은 위에서 떨어진 물건을 아직 수거하기 전이었다. 빈손이 이렇게 다행일 수가 있다니. 네하는 속으로 안도의 숨을 쉬었다.

어색한 침묵이 잠시 흐른 후, 네하가 말을 이었다.

"맹세코 오늘 한 번뿐이었어요. 위로 올라오다 보니 궁금해서 그만……."

물론 거짓말이었다. 네하는 이곳을 수도 없이 올라왔다. 하지만 매번 이 시간마다 이렇게 발라비 마을 위쪽으로 올라오는 걸 장로에게 들킨다면 외출 금지령이 떨어질 수도 있고, 어쩌면 성격 더러운 베디에게 더 심한 벌을 받을 수도 있다. 키라에게까지 영향을 끼칠지도 모른다. 네하는 자신을 똑바로 바라보는 베디의 눈을 애써 피하며 억지웃음을 지어 보였다.

"이곳이 금지구역인 건 알고 있지?"

네하는 말없이 고개를 끄덕였다.

"만일 여기보다 더 위로 가게 되면, 어떤 일이 벌어질지도 알고 있는 거지?"

베디의 말이 끝나자마자 네하는 다시 한번 빠르게 고개를 끄덕였다. 네하의 긴 머리에서 연신 작은 공기 방울이 맺혔다. 베디는 머리를 숙인 채 아래쪽을 바라보고 있는 네하의 손을 붙잡고 몸을 움직였다. 네하는 잠시 당황했지만 이내 온몸에 힘을 빼고 베디가 이끄는 쪽으로 몸을 맡겼다.

베디의 얼굴 정중앙에 위치한 세 개의 눈은 물살을 가르고 내려가는 동안에도 네하의 얼굴을 살폈다. 베디는 이번이 정말 실수라면 다시는 이런 일이 없어야 한다고 생각했다.

베디가 네하를 바라보며 나직하게 말했다.

"빛은 다른 방식으로도 볼 수 있지 않니."

네하도 물론 장로가 무엇을 이야기하는지 알고 있었다.

"그리고 그건 네 생일에 받은 것이기도 하고. 발라비 부족에서는 유일하게 말이야."

"하지만 그건 진짜 빛이 아닌걸요. 그것보다 더 밝은 빛이 분명 위에 있다고……."

그 말을 듣자마자 베디는 몸을 멈췄다. 네하는 순간 아차 싶어 황급히 둘러댔다.

"그러니까 발라비 기록에 그렇게 쓰여 있다고……."

바다 위에 위치한 닿을 수 없는 빛의 이야기는 키라의 집에 있는 낡은 동화책에서 처음 읽었다. 금서 중 하나인 그 동화책은 키라와 키라의 가족이 누구에게도 말하지 않은 채 보물처럼 간직하고 있었다. 그건 키라와 공유하는 비밀인데, 비밀의 출처를 베디가 알게 된다면 키라에게 무슨 일이 벌어질지 모른다.

네하가 머릿속에서 변명을 쥐어짜내고 있을 무렵, 아래쪽에서 고동 소리가 몇 번 울렸다. 베디는 네하를 바라보던 눈길을 거두고 다시 유영을 시작했다. 네하는 길게 숨을 내쉬며 온몸 가득 주었던 힘을 풀었다.

베디와 네하는 순식간에 마을 입구를 지나 중앙 광장에 도달했다. 줄곧 네하의 손을 잡고 있던 베디는 광장 입구에 도달하자마자 손을 놓고 분주하게 움직였다. 조금 전의 고동 소리는 장로들을 소집하기 위한 것이다. 베디는 광장 안쪽으로 빨리 몸을 옮기면서도 뒤를 돌아 네하에게 주의의 눈빛을 보내는 걸 잊지 않았다. 네하는 어둠 속으로 사라지는 장로의 세 눈동자를 보며 안도의 한숨을 내쉬었다.

"그러게 조금만 더 늦게 가지 그랬어, 오늘 같은 날."

키라가 어느새 곁으로 다가와 네하의 등을 살짝 밀며 말을 건넸다. 네하는 흠칫 놀랐지만 키라인 것을 확인하고 긴장을 풀며 답했다.

"어휴, 말도 마. 진짜 큰일 날 뻔했어."

"어제도 그제도 아니고, 이런 날엔 삼십 분 정도는 줄여도 되지 않아?"

키라는 광장을 한번 둘러보고는 네하 쪽으로 바짝 붙어 귓속말을 건넸다.

"아무도 네가 사라진 걸 몰랐어."

네하도 키라와 마찬가지로 주변을 둘러보았다. 다행히 네하와 키라를 제외한 다른 발라비는 아무도 보이지 않았다. 하지만 네하는 마음이 놓이지 않았다. 또 베디가 불쑥 나타날 것만 같은 느낌이 들어 몸을 움츠렸다. 키라도 덩달아 몸을 움츠리며 네하에게 물었다.

"그런데 도대체 무슨 일이야? 베디랑 같이 내려오다니."

네하는 물음에 답하는 대신 키라를 이끌고 집 뒤편의 작은 산호 동굴로 향했다. 다른 발라비가 잘 알지 못하는 그곳은 둘만의 아지트였다.

심해의 다양한 광석을 이용한 밝은 인공조명이 여기저기 배치되어 있는 광장이나 거주 구역과 달리 동굴 안은 한 줄기의 빛도 존재하지 않았다. 네하와 키라가 잠시 동안 완전한 어둠에 적응하는 동안, 으레 그랬듯 키라의 왼팔 끄트머리에서 조그마한 불빛이 올라오기 시작했다. 발라비 가운데 탐험형으로 태어난 자들의 특이한 성질이었다. 아주 어릴 때부터 네하는 키라의 발광을 부러워했었다.

네하는 키라의 빛나는 팔 위에 자신의 손을 가만히 포개며 입을 열었다.

"오늘은 그 빛이 너의 이 빛보다 더 은은하고 아주 길었어. 뭐랄까, 진짜 이상한 생명체가 있는 것처럼 말이야."

"빛은 됐고, 아무튼 빨리 말해봐. 베디에게 끌려온 경위 말이야."

키라는 들고 있던 팔을 한 바퀴 빙글 돌린 후, 네하를 바라보며 아까 멈췄던 질문을 이었다. 네하는 머릿속에 베디의 푸른 눈 세 개를 순간적으로 떠올리고는 진저리 치는 표정으로 키라를 바라봤다.

"나도 몰라. 원래 탐험형이 아니고서야 장로들은 그 위까지 올라가지 않잖아. 하물며 베디라니. 진짜 가슴이 철렁 내려앉는 줄 알았지 뭐야."

"구역 청소 마치고 광장에 앉아 있는데 멀리서 뭐가 보이더라고. 자세히 살펴보니 베디였어. 베디가 광장의 구역을 그렇게 오랜 시간 벗어난 건 처음 아니었을까?"

네하는 지난날을 떠올리며 책장에 꽂아둔 일기장 하나를 꺼냈다. 네하가 빛을 처음 봤을 때부터 기록하기 시작한 일기장이었다. 네하는 일기장의 페이지 수를 세며 그간 기록한 날이 얼마나 되었는지를 생각해봤다.

빛을 처음 본 날, 그러니까 이 일기장의 기록을 시작할 때도 키라는 함께였다. 네하는 일기장을 넘기며 장로들에 관한 이야기를 혹시라도 적어둔 적 있는지 확인했다. 하지만 그런 기록은 없었다. 키라는 네하의 생각을 알고 있다는 듯 일기장을 슬쩍 제 쪽으로 끌어당기며 네하에게 말했다.

"장로가 '경계' 근처에 간 적이 있다면 너를 가만뒀을 리 없어. 그리고 밑에서 내가 발견 못 했을 리도 없고."

네하와 키라는 잠시 생각에 잠겼다. 네하가 먼저 짧은 침묵을 깨고 말했다.

"최근 장로들에게 수상한 낌새 같은 거 느낀 적 있어?"

"글쎄, 평소에 장로들을 눈여겨보는 발라비는 드물지. 그들은 언제나 통보하는 사람들이니까."

발리비 마을에서 장로의 권한은 절대적이었다. 네하와 키

라가 나고 자라는 동안 장로의 적극적인 개입으로 중지되거나
시작된 일은 차고 넘쳤다. 서쪽 해역에 벽을 세우는 일부터 탐
사대를 확충하거나 축소하는 일, 마을 위쪽의 경계를 서는 일
등 주로 마을의 안전과 관련된 일을 대체로 장로가 결정했다.

　발라비의 터전을 책임지고 수정하고 보완하는 일은 중요했
기에 장로의 높은 권한은 독단으로 짊어지지 않고 나누어 이
행했다. 발라비 마을에는 다섯 장로가 있다고 알려져 있으나
네하나 키라는 지금까지 베디와 하스 장로 외에는 본 적이 없
었다. 발라비 마을을 주로 순찰하는 두 장로조차 구역 위로 올
라가는 일은 한 번도 없었다. 발라비 마을보다 한참 위에 위치
한, 그러니까 네하와 키라가 '빛의 경계'라고 이름 붙인 곳에
가본 발라비는 탐사대와 네하밖에 없었다. 애초에 네하가 주
기적으로 빛의 경계를 다녀오게 된 까닭도 탐사대 소속인 어
머니 때문이었다. 탐험형 집안에서 태어나지 않았다면, 네하는
평생 그 빛을 모르고 살았을 수도 있다.

　베디가 그쪽에 무언가를 설치하려는 걸까? 네하는 빛의 경
계로 갈 수 없을지도 모른다는 생각이 들어 불안해졌다. 몇 달
에 한 번씩 실시하는 구역 대청소는 오늘 끝날 것이고, 그 일을
마치면 발라비 마을에 당분간 특별한 일은 없을 예정이었다.
때문에 유유자적 혼자 빛을 즐기려고 했건만, 베디와 마주치

다니. 베디에게 한 번 발각되었으니 당분간은 몸을 사려야 하나 하는 걱정이 네하를 감쌌다.

키라는 네하 옆에 비스듬히 누워 네하의 기분이라도 읽은 듯 안색을 살피며 말했다.

"오늘은 어땠어?"

"뭐, 똑같아. 특별한 건 없었어. 그런데 아까도 말했지만, 정말로 빛이 더 아래로 내려온 것 같아."

"밑으로? 어디까지?"

"아주 많이는 아닌데…… 그냥 느낌이 그래. 여기서는 전혀 못 느꼈지?"

"당연하지. 만약 빛이 여기까지 닿는 정도였다면 발라비 전체가 뒤집어졌을걸. 이렇게 평화로울 리도 없지. 만일 그랬다면 우리가 여기서 이렇게 이야기 나눌 수 있을까."

키라는 눈알을 굴리며 말을 이었다.

"그러고 보니 그런 적이 한 번 있다고 했지? 저번에 너희 어머니가 말씀하셨다던 그때 말이야."

"바다가 뒤집어질 만큼 혼란했다던? 근데 그게 사실일까? 엄마가 그냥 지어낸 이야기일지도 몰라. 그 뒤로 다시 물은 적도 없고."

"그래, 확실히 오래된 이야기긴 하지. 아무튼 뭔가 문제가 생겼다면 우리보다 예민한 감각을 가지고 있는 장로들이 먼저 눈치챘을 거야."

키라의 말이 맞다. 그리고 그 정도로 이상한 기류가 있었다면 발라비 대부분이 눈치챘을 것이다. 발라비는 반드시 하나이상의 특질을 가지고 태어났다. 개개인의 특질은 워낙 다양해 하나로 묶을 수 없지만 누구나 동일하게 가지고 태어나는게 있었다. 바로 물에 대한 예민함이다. 뭔가 변했다면 발라비의 절반 이상이 필시 알 수밖에 없다. 네하가 태어나고 지금까지 마을에 그런 소동은 없었다.

"오늘은 그냥 들어갈 거지?"

동굴에서 나갈 채비를 하는 네하의 등 뒤로 키라가 마치 마음속을 꿰뚫고 있다는 듯 말하자, 흠칫 놀란 네하가 우물쭈물 대답했다.

"그러려고 했는데, 어쩌면 오늘이 기회일 수도 있을 것 같아서."

"무슨 기회?"

원하던 대답을 듣지 못한 키라는 네하 쪽으로 눈을 흘겼다.

"베디가 저렇게 다급히 사라졌으니 아마 몇 시간 정도는 괜찮지 않을까? 청소도 아직 진행 중일 테니 오히려 이런 때가 다시 없지 않겠어?"

"그러다 또 베디에게 걸리면? 그때야말로 진짜 마지막이 되는 거 아냐?"

"그건 그렇지만 오히려 둘도 없는 시간일 수도 있다고! 여차하면 네가 경고해주면 되잖아."

키라는 머리를 긁적이며 부탁하는 네하를 조용히 노려보다 이내 못 당하겠다는 표정을 지었다.

빛의 굴곡이 미세하게 바뀐 날이면 항상 뭔가 신기한 물건이 바다 위쪽에서 아래로 내려오고는 했다. 네하는 자기 방에 있는 작은 조각물을 떠올렸다. 어쩌면 그때와 비슷한 걸 찾을 수 있을지도 모른다.

이곳에서 태어나 단 한 번도 주어진 자리를 떠난 적이 없는 발라비에게 이동의 자유란 존재하지 않았다. 네하는 탐험형 집안에서 태어난 것을 다행으로 여겼다. 다른 발라비보다 활동할 수 있는 반경도 넓고, 무엇보다 성인이 되면 선대의 직업을 계승해 탐사하러 나갈 수 있기 때문이다.

키라는 약한 불빛을 밝히는 성질로 태어났기에 자연스레 탐사대 쪽으로 배치될 것이 분명했다. 하지만 네하는 발라비 중 드물게 이렇다 할 능력을 타고나지 못했고, 대신 주변 모든 사물에 관심이 많았다. 키라는 그런 태도 때문에 네하가 금지구역에도 관심을 갖게 되었을 거라고 했다.

네하를 가늘게 흘겨보던 키라는 곧 탐탁지 않은 표정을 풀고 네하의 등을 두어 번 툭툭 다독였다.

"어쨌거나 조심해. 베디에게 두 번이나 걸리면 그땐 나도 몰라."

키라의 말을 듣자마자 네하는 안절부절못하던 표정을 환하게 풀고 여러 차례 고개를 끄덕였다.

"물론이지. 이따 봐!"

키라의 말이 마치 허락의 표시라도 되는 양, 네하는 함박웃음을 지은 채 쏜살같이 동굴을 빠져나갔다. 키라는 사라지는 네하의 뒷모습을 바라보며 길게 한숨 쉬고는 마을로 돌아갈 채비를 시작했다.

동굴을 나온 네하는 마을 근처를 배회하며 분위기를 살폈다. 장로들의 긴급회의로 인해 마을은 다소 잠잠하고 한적한 느낌이었지만 아주 안심할 수는 없었다.

마을 안팎을 주기적으로 배회하는 탐사대도 모두 어딘가로 사라져 있었다. 이런 일은 드물었기에 이유가 몹시 궁금했지만 지금 더 신경 쓰이는 건 경계 근처였다. 베디에게 들키는 바람에 소모했던 시간을 어떻게든 보상받고 싶었기 때문이다. 게다가 평소에는 경계 근처를 얼씬도 하지 않던 베디가 그곳까지 올라왔다는 사실이 네하의 호기심을 더욱 자극했다. 베디가 금지구역까지 움직인 이유가 있지 않을까, 오늘 거기서 무슨 일이 일어나지 않을까 하는 생각에 사로잡혔다.

다행스럽게도 장로를 제외한 다른 빌라비들도 분주해 보였다. 평소라면 북적이고 있을 공유 구역이 한가한 걸 보면 여전히 청소에 매진하고 있는 듯했다. 네하보다 조금 뒤에 동굴을 빠져나온 키라가 멀찌감치 떠 있는 네하를 보고 눈짓을 보내자, 네하는 고개를 한 번 끄덕이고 곧바로 몸을 돌려 위쪽으로 향했다.

하루에 두 번이나 금지구역으로 가는 건 처음이었다. 애초에 접근하지 말아야 할 곳을 이렇게 여러 번 들락거리게 되다니, 참 겁도 없다고 네하는 중얼거렸다. 그럼에도 물살을 앞으로 가르며 나아가는 걸 멈출 수 없었다.

금지구역에 도달한 네하의 눈에 경계의 끝자락이 보이기 시작했다. 꽤 많은 시간이 지났다고 생각했는데, 여전히 너울거리는 빛은 아래쪽을 향해 고정되어 있었다. 빠른 속도로 경계에 다다른 네하는 아까보다 조금 더 커진 듯 기묘한 모양새로 아래쪽을 비추고 있는 빛을 조금 멀리서 바라봤다. 가까이 가볼까, 아니면 손을 대볼까 하는 생각이 굴뚝 같았지만 차마 그렇게까지 할 용기는 나지 않았다. 그런 모험까지는 하고 싶지 않았다. 지금은 어쨌든 한 발짝 물러나야 할 때였다.

아래쪽으로 길게 내려온 빛 덕분에 바다가 가진 고유의 색
이 훤히 드러나 보였다. 네하는 눈을 크게 뜨며 중얼거렸다. 그
래, 저거다. 누군가 세상에서 가장 아름다운 게 뭐냐고 묻는다
면 네하의 머릿속에 단번에 떠오를 단 하나의 대상. 경계 위의
빛과 그 빛으로 환하게 밝아지는 바다. 태양이라는 것에서 뻗
어 나오는 빛의 가닥 하나하나가 물결에 닿아 황홀하게 부서
지는 아름다운 균열.

왜 발라비들에게는 심해 위의 세상이 금지되어 있는 걸까?
네하는 종종 키라와 장로들을 포함한 모두에게 묻고 싶었다.
저 아름다운 광경을 보고도, 위험하다는 생각이 들까.

오늘따라 유난히 반짝이고 일렁이는 빛을 바라보며 네하는
깊은 생각에 잠겼다. 여기까지 올라온 발라비는 아마도 또래
중에 네하가 유일할 것이다. 그런 생각을 하니 네하의 어깨가
조금 으쓱해졌다. 이 즐거움을 자매나 다름없는 키라와도 꼭
나누고 싶은데. 그러려면 어떻게 하는 게 좋을까.

잠시 멍하니 빛을 바라보며 고민하던 네하의 눈에 순간 무
언가가 포착되었다. 처음에는 길을 잃거나 무리를 잃은 물고
기인가 싶었지만, 그것은 방향을 바꾸지 않은 채 곧장 아래를
향해서 떨어지고 있었다. 마치 돌덩이처럼 힘없이 계속 하강

중이었다. 평소라면 해구에서 흘러나온 죽은 산호초거나 혹은 바닷속을 부유하던 이름 모를 생물이라고 생각하며 시선을 옮기겠지만, 그럴 수 없는 명확한 이유가 있었다. 열심히 아래로 곤두박질치고 있는 그것이 가지고 있는 색깔 때문이었다.

저런 걸 본 적이 있던가. 네하는 저도 모르게 숨을 멈췄다. 저 알 수 없는 물체가 이 세계에 속한 게 아니라는 확신이 들었다. 그러자 계속해서 파들거리던 등의 지느러미들도 일순 활동을 멈췄다. 가까이 다가가봐도 좋을까, 뭔가 위험한 생물이 아닐까 하는 생각을 하기도 전에 네하의 몸이 본능적으로 움직였다. 잡아야 해. 저걸 잡아서 확인해야 해. 그런 생각이 온통 머릿속을 잠식했다.

네하는 빠르지도 느리지도 않게 유영하며 여전히 아래로 떨어지고 있는 물건 가까이로 다가갔다. 그것은 한 손에 들어올 만큼 작은 조각이었다. 네하는 그 주변을 빙빙 돌다 조심스럽게 양손을 조각 아래로 가져갔다. 네하의 둥근 손바닥 위로 조각이 사뿐히 내려앉았다.

위에서 밑으로 떨어지는 물건의 대다수는 네하가 그동안 실제로 보지 못했던 색을 띠고 있었다. 이 조각 또한 그랬다. 비슷한 색을 가진 물고기를 더러 본 적은 있으나 이렇게 쨍하고 화사한 노란색은 처음이었다. 네하는 조심스레 조각의 면면을 살폈다. 안쪽을 들여다볼 수 있게 설계된 것은 아니었다. 사방을 살펴봐도 같은 면의 반복일 뿐 별다른 특이점은 없어 보였다. 조각은 한 손에 쥘 수 있을 정도로 작았다. 작은 가방에 넣거나 품에 안고 돌아가면 아무도 모를 정도의 크기였다.

여전히 이쪽을 길게 바라보고 있는 빛에 비추며 네하는 조각을 유심히 살폈다. 가느다란 손가락으로 조각을 집고 더 자세히 보기 위해 손을 얼굴 가까이 대려는 바로 그 순간, 아래쪽 멀리서 키라의 신호가 보였다. 짧게 세 번 이쪽으로 보내는 신호를 보고 네하는 잠시 주저했다. 평소라면 서슴없이 전리품을 손에 들고 유유히 경계를 빠져나올 테지만 오늘만큼은 달랐다. 뭔가 이상한 기분이 들었다. 이걸 가져가도 괜찮을지, 여느 때처럼 아무렇지 않게 들고 가도 괜찮을지 자꾸만 되묻게 되었다.

네하는 물살을 가르며 손에 들고 있는 작은 조각을 바라봤다. 경계 위에서 내려오는 물건은 전부 네하에게 소중하지만 그중 특별히 마음 가는 것들이 있었다. 집에 몰래 놓아둔 작은 기둥 모양의 조각같이 기능은 없지만 특이한 소리가 나거나 그냥 보기에 좋은, 정말로 장식품 같은 물건들이 그랬다. 실제로 경계 위 어딘가에서 그게 어떤 식으로 사용되는지는 알 길이 없었다. 이곳의 바다, 그러니까 발라비들의 세계에 대입해

봐도 아주 새로운 물건들이었고 그 고유의 모양과 특이함이 네하를 현혹했다.

특히 이렇게 아름답고 현란한 색을 띠는 조각은 좀처럼 수집하기 힘들다. 네하는 이걸 평소처럼 아지트에 두어야 할지 아니면 다른 소중한 조각들처럼 타인의 손길이 닿지 않으면서도 자주 꺼내 감상할 수 있는 집 안 어딘가에 두어야 할지 고민했다.

하지만 그 전에 해야 할 일이 있었다. 이토록 잔잔한 심해에서는 조각의 존재가 너무 튀었기 때문이다. 지금까지 한눈에 식별될 정도로 쨍한 색감을 가지고 있는 물건은 없었다. 전부 미역 같은 것에 휘감겨 있거나 다양한 생물이 붙었다 떨어진, 누가 봐도 바닷속에서 꽤 오래 부유했을 것 같은 느낌의 물건이 대부분이었다. 지금 들고 있는 이런 조각은 난생처음 보는 것이었다. 오랜 시간 바다에 침잠한 흔적도 없이 말끔했고, 여기저기를 둘러봐도 손상의 흔적이 없었다. 불과 몇 분 전에 이곳에 떨어진 것만 같았다.

바다의 때가 타지 않은 물건을 처음 만져본다는 사실에 네하는 흥분을 감출 수 없었다. 그렇기에 더욱 더 조심해야 했다. 하필이면 오늘 같은 날, 늘 들고 다니던 조그만 자루를 빼먹고 오다니. 평소라면 이렇게 허술하게 오지 않았을 테다. 이 모든 탓을 원인 제공자이기도 한 베디에게 돌리고 싶었다.

마을 근처에 떠 있던 키라는 여전히 사방을 살피면서도 네하에게 시선을 고정하고 있었다. 네하의 손에 들린 이상한 물건이 너무 눈에 띄었기에 키라는 몹시 당황했고, 곧바로 네하에게 주의 신호를 여러 번 보냈다. 하지만 네하도 그에 대해 고민하고 있는지 곧바로 내려오지 않고 근처를 빙빙 돌며 무언가를 찾는 기색이었다. 네하가 손에 들고 있는 물건이 무엇인지 키라에게는 중요하지 않았다. 키라는 불편한 기색으로 어서 시야에서 그것이 완전히 사라지기를 바랐다.

네하는 발라비 마을 근처의 평원까지 내려와 바닥에 굴러다니는 해면 다발을 이리저리 뒤적였다. 개중 살아 있는 것도 있지만 죽은 채로 아래까지 쓸려 온 것도 있었다. 그런 것들을 종종 자루 대신 쓰기도 했다.

조각을 숨길 만한 건 어렵지 않게 찾을 수 있었다. 네하는 손에 잡히는 대로 해면을 솎아 들어 올렸다. 그리고 지체 없이 그것들 안으로 조각을 넣으려는데, 네하가 든 조각의 끄트머리에서 불빛이 반짝였다.

네하는 깜짝 놀라 조각을 떨어뜨렸다. 네하의 손에서 멀어진 조각은 아주 천천히 방금 해면 다발을 헤집은 평원 위에 안착했다.

"아."

네하를 주의 깊게 바라보고 있던 키라의 입에서 저도 모르게 감탄사가 튀어나왔다. 그리고 앞뒤 가릴 것 없이 바로 몸을 움직여 쏜살같이 네하에게 향했다. 잘못 봤을 리가 없다. 빛은 저 물건에서 나온 게 확실했다.

평원 바닥에 비스듬히 놓인 조각을 바라보며 키라가 물었다.

"이거 뭐야? 뭘 가져온 거야?"

네하는 대답 없이 눈을 동그랗게 뜬 채 조각을 바라보고 있었다. 지금 뭔가 착각하고 있는 건가? 그 이상한 불빛은 어디로 갔지?

네하는 키라를 향해 다급하게 물었다.

"부, 분명 너도 본 게 맞지? 그렇지?"

키라는 반사적으로 평원 너머 마을의 동향부터 확인했다. 키라가 있는 곳에서 관측될 정도였으면 틀림없이 다른 누군가가 이 광경을 목격했을 수도 있었다. 키라는 숨을 죽이고 누군가 이쪽으로 오지 않는지 혹은 네하와 키라를 부르지는 않는지 확인했다. 다행스럽게도 마을 쪽은 고요했고 아무런 움직임도 포착되지 않았다.

조각 또한 더는 반짝거리지 않았다. 방금까지 네하가 품고 온 모습 그대로 아주 평온하게 바닥에 안착해 있었다. 키라는 네하의 질문에 답하지 않고 다시 대답을 재촉했다.

"이런 걸 어디서 가져온 거야?"

키라의 목소리에 상념에서 깨어난 네하는 재빨리 팔을 움직여 들고 있던 해면 속에 조각을 집어넣었다. 그리고 조용히 속삭였다.

"몰라. 나도 이런 건 처음 봐."

당황한 네하의 얼굴을 살피며 키라는 네하가 거짓말하고 있지 않음을 직감했다. 그 말은 네하가 정말 아무 생각 없이 이 물건을 들고 돌아왔다는 뜻이다. 우선 다른 발라비에게 들키지 않은 것 같아 다행이었다. 아주 짧은 순간이지만, 그 작은 조각에서 나오는 빛이 너무도 강렬했기에 키라는 계속 주변을 살폈다.

"아까부터 이랬던 건 아닌 것 같고……. 어떻게 할 거야? 그냥 가져갈 거야, 이거?"

키라가 계속해서 답을 재촉하자 네하는 자루를 끌어안고 조각을 발견했을 때부터 지금까지의 모든 상황을 복기했다. 그 사이에 빠뜨리거나 놓친 건 없었다. 모양이 변하거나 이상한 소리가 난 것도 아니었다. 그럼 갑작스럽게 반짝였던 그 빛은 도대체 뭘까?

네하는 해면 안에 조심스럽게 손을 넣어 조각을 다시 세밀하게 살폈다. 정확히는 빛이 번쩍이던 부분을 더 자세히 살폈다. 그리고 조각의 모서리에서 아주 작은, 정말 맨눈으로 구분하기 힘들 정도의 미세한 균열을 발견했다.

"여기, 뭔가 이상한 게 있어. 여기서 빛이 난 걸까?"

네하는 그 틈을 손가락으로 가리키며 키라에게 보여줬다. 하지만 조각을 자세히 들여다보지 않았던 키라는 방금 잠깐 본 빛이 거기서 나온 것인지 다른 곳에서 나온 것인지 제대로 분간할 수 없었다.

네하와 키라는 잠시 동안 말없이 조각에 시선을 고정한 채 떠 있었다. 조금 전의 불빛이 정해진 시간마다 반짝였다면 네하가 보지 못했을 리 없다. 문제는 그런 이상한 색을 띄는 기이한 형태의 불빛은 어디서도 본 적이 없다는 사실이었다. 조각은 경계 위에서 떨어진 것이 확실하고, 분명 위에서 생활하는 누군가의 물건일 것이다. 다만 그 용도를 정확히 알지 못하니 이 빛이 어떤 방식으로 생성되는지, 해롭지는 않은지 알 수 없어 답답할 뿐이었다.

잠시 후 네하가 입술을 꽉 깨물고 중얼거렸다.

"가져가야겠어."

당연히 반대할 거라 생각했던 키라 또한 말없이 고개를 끄덕였다. 그런 걸 이곳에 덩그러니 놔두기에는 너무 위험하다는 판단이었다.

"게다가 이쪽은 아지트로 가는 길목이잖아. 다른 발라비들이 발견하기라도 한다면 거기까지 수색할 게 뻔하다고."

키라는 어쩔 수 없다는 표정을 지으며 조각을 넣은 해면 주머니의 입구를 단단히 조였다. 해면을 들고 있던 네하도 키라를 도와 입구를 최대한 밀봉했다.

"어디로 가져갈 거야?"

키라의 말에 잠시 고민하던 네하가 답했다.

"아무래도 집으로 가져가야 할 것 같아. 동굴에 두는 건 너무 불안해. 또 방금 같은 일이 벌어지면 어떻게 해."

"집은 안전해? 가족에게 말할 거야? 이걸 보여주면서?"

키라는 다그치듯 네하에게 질문을 쏟았다. 더 멀리 마을 구성원들의 손길이 닿지 않는 곳에 둔다는 대안은 없는 거냐며 재차 물었지만, 네하는 확고했다. 해류가 바뀌면 다른 곳에 놓고 온다 한들 다시 마을로 흘러올 테고 그렇게 되면 영영 경계를 다시 탐험할 수 없게 될지도 모른다. 키라는 그런 네하의 마음을 돌리기 위해 다각도로 애를 썼지만, 경계가 네하에게 어떤 의미인지 너무도 잘 알기 때문에 결국 의견을 꺾을 수밖에 없었다.

몇 분 동안 조각은 더 이상 반짝이지 않았고 조각의 균열에서는 어떤 불빛도 새어 나오지 않았다.

"어서, 어서 가자. 더 늦기 전에."

키라는 먼저 나서며 뒤따라 움직이기 시작한 네하를 재촉했다. 네하는 해면을 품에 꼭 안은 채, 주변을 살피며 빠르게 키라의 곁으로 붙었다.

"집 안에 완전 봉쇄되는 금고 같은 게 있어. 거기에 넣으면 안전할 거야."

"다시 그런 일이 또 생기면 말해줘. 어떻게 할지 고민해보자."

네하와 키라는 곧 마을의 입구를 지나 공동 구역에 다다랐다. 여전히 자신의 구역 밖을 돌아다니는 발라비는 하나도 없었고, 소집된 장로들도 아직 원래 자리로 귀환하지 않은 것 같았다. 둘은 빠르게 눈빛을 교환하고 각자의 집으로 향했다. 마지막까지 주변을 살피던 키라의 지느러미가 문 안쪽으로 사라지자 발라비 마을은 다시 완전히 고요해졌다.

신
호

'이럴 리가 없어.'

유진은 핸드폰에 올라와 있는 알림 메시지를 몇 번이고 들여다봤다. 읽지 않은 메시지를 그대로 두는 걸 끔찍하게 싫어하는 탓에 새 알림이 오면 곧장 읽고 삭제해버리고는 했지만, 이번만은 그렇게 할 수 없었다.

측정 지점: 수심 1,600미터 부근
직선 이동 거리: 1,430미터

한 시간 전 A팀의 팀원이 잠수정에 탑재했던 측정기를 분실했다. 방수 가공을 한 기계라 미끄러워서 들고 다닐 때 쉽게 빠질 수 있으니 주의 깊게 다루라고 신신당부를 했지만 결국 잃어버리고 돌아왔다. 바다에 빠진 게 분명해 몇 번이고 탐조등을 쏘아가며 찾으려 노력했지만 결국 건질 수 없다는 보고를 받았다. 측정기가 한 대만 있는 건 아니었고 여분으로 여러 대를 구비해두기는 했지만 유진은 공들여 제작한 기계를 함부로 다루는 안일함이 싫었다.

적어도 저 알림을 받기 전까지 이번 출정에서도 특별히 눈여겨봐야 하는 새로운 정보는 없었다. 분실한 장비는 바다에 떨어진 게 맞았다. 중요한 건 그 장비가 심해 쪽에서도 여전히 반응한다는 사실이었다. 중앙 계측기에 오류가 있는 게 아니라면 말이다.

제1잠수정부터 제3잠수정까지 세 대의 메인 잠수정은 유진의 관할이기에, 잠수정에 부착된 기계들의 최종 권한 또한 유진에게 있었다. 유진은 후임인 석주에게 바로 전화를 걸어 조금 전의 알림을 봤는지 물어보려 했지만, 이 알림이 자신에게만 도달하는 것임을 깨닫고 들고 있던 핸드폰을 다시 제자리에 내려놓았다.

유진은 자리에 앉아 중앙 계측기에 이상이 없는지를 먼저 살폈다. 중앙 계측기는 바다 여기저기에 설치된 장비들의 신호를 받아 각종 수치를 종합하는 기계로, 이 연구소에 지어진 것 중 가장 오래되고 견고한 기계였다. 계측기를 포함해 중앙 시스템에서 제어하는 모든 기기는 전혀 이상이 없었다. 그러니 오류로 인한 메시지는 아니라는 건 확실했다.

이해할 수 없는 건 측정 지점의 숫자가 아닌 이동 거리를 나타내는 숫자였다. 백번 양보해서 음파가 아닌 중앙 기기의 전파가 수심 1,600미터까지 닿은 건 그럴 수 있다 가정하더라도 마지막 계측이 이루어진 지점에서 약 1,400미터나 직선으로 움직였다는 건 이해할 수 없었다. 정확히 말하자면 이런 기록은 세상이 '정상적'으로 돌아갔을 옛날에나 가능했기 때문이다.

유진은 측정기가 보내온 궤도를 여러 번 들여다봤다. 바다에서 부유하는 어떤 물건도 이렇게 빠른 속도로 1킬로미터가 넘는 거리를 직선으로 이동할 수 없다. 모터가 달린 보트라고 하더라도 바다 위에서나 가능한 일이지 그렇게 깊은 바닷속에서는 여러 제약이 존재하기 때문에 상식적으로 깔끔한 직선 궤도가 나올 수 없다.

빨간 선으로 이루어진 측정기의 궤도를 보고 있자니 정신이 아득해지는 기분이 들었다. 심해의 기준점으로 삼은 지점보다 현저히 아래에서 반응한 측정기. 그 측정기가 그려낸 곧은 직선의 궤도. '엘드시티 프로젝트'에 합류하고 정확히 이 년 반 만에 얻어낸 성과였다. 이 수치와 궤도를 바탕으로 측정기와 잠수정을 더 강화한다면 유인 잠수정 여러 대를 내려보내는 일도 가능할 터였다.

하지만 이상하게도 '프로젝트 절반 성공' '심해 일정 부분 이하 탐사 가능' 등의 말을 머릿속에서 굴리고 있자니 이상하게 명치가 조여오는 느낌이 들었다. 이렇다 할 성과를 내지 못한 채 계속 압박받으며 버텨낸 지난한 세월이 있었기에 이런 거대한 진척 앞에서는 기뻐야 마땅할 것이다. 하지만 연구를 거듭할수록 프로젝트가 지향해야 하는 지점과 연구의 방향이 점점 이상한 쪽으로 향하고 있다는 생각을 지울 수 없었다.

유진은 엘드시티 프로젝트에 합류한 다섯 번째 연구원이었다. 유진의 입장에서는 그저 또 다른 연구의 시작이었지만 프로젝트를 진행하는 해양 기관 및 정부 부처에서는 유진을 겨우 모셔 왔다며 호들갑을 떨었다.

타국의 섬들을 돌며 해구에 관련된 연구에 매진해 있던 유진이 프로젝트에 합류해야 하는 단 한 가지 이유는 한국인이라는 신분 때문이었다. 유진이 한국으로 돌아오던 시기에는 이미 엘드시티 프로젝트가 구 년 차를 맞이하던 때였고, 이렇다 할 성과 없이 해양 과학자와 기술자들만 계속해서 갈려나가고 있었다.

물론 한국을 포함한 여러 나라가 바닷속에 숨겨져 있을지 모르는 자원으로 눈길을 돌린 건 이유가 있었다. 육지에서 생산되는 자원은 이미 바닥난 지 오래고 꽤 오랜 시간 비축해둔 자원을 두고 국가 간에 기 싸움이 계속되었기 때문이다. 물과 식량의 절대적인 부족이 지속되고 있었다. 이로 인해 국가 붕괴까지 이뤄진 곳도 많았다. 한차례 거대한 폭동이 일어나고 국가별로 자원 배급제를 택한 이후로는 다소 잠잠해졌다. 그렇게 폭넓은 대기근 아래 생존한 사람들은 아등바등 하루를 꾸려나가고 있었다.

그간 살아남은 사람 중 연구자 집단은 다양한 방법을 통해 생존의 기로를 넓히는 데 초점을 맞춰왔다. 가능한 범위 내에서 우주로 여러 차례 무인 탐사선을 쏘아 올려 지구와 비슷한 환경을 가진 행성을 찾고, 특수한 장비 없이 왔다 갔다 할 수 있는 얕은 바다를 주기적으로 탐험하며 도움이 될 만한 것들을 찾았다. 하지만 지구와 환경이 거의 일치하는 곳은 찾을 수 없었다. 찾는다 한들 이동과 이송이 쉽지 않았다. 바다는 이미 육지에서 떠내려온 온갖 쓰레기로 포화되어 생존 자원을 찾기는커녕 얕은 물에서 살 수 있는 생물조차 없어진 상황이었다. 가장 가까이 닿을 수 있는 바다의 한계를 명확히 인지한 정부는 그때부터 심해 탐험을 계획했다.

어릴 때부터 지금까지 다년간 바다를 연구해온 유진에게도 여전히 육지의 빛이 닿지 않는 바다, 박광층 아래의 심해는 미지의 대상이었다. 이론적으로는 알고 있지만 실습이나 실험을 하기 여의치 않고 그것도 어느 정도 자본이 있어야 가능한 일이기에 유진은 일정 부분 지원을 받을 수 있는 곳을 찾아 떠돌아다녔다. 바다는 지구 어디에나 있으니 말이다.

"더 이상 인재를 낭비해선 안 되죠" 하며 먼저 악수를 청하던 간부의 웃음에 유진은 선뜻 답례의 손을 내밀지 못했다. 한국에서 심해 연구를 활발히 할 수 있게 된 건 유진에게는 반가운 일이지만, 그 기저에는 어떻게든 먼저 발견되지 않은 자원을 확보해 국제 관계에서 우뚝 서겠다는 얄팍한 포부가 있었기 때문이었다. 국내 최연소 해양 과학자, 각종 영재 타이틀을 석권한 재원 등 달콤한 말로 치장됐지만 유진이 소속된 프로젝트의 연구원 중 그 누구도 바다에 진심인 사람은 보이지 않았다. 바다의 무궁무진함과 심해의 위험성을 제대로 알고 있는 사람도 유진밖에 없다는 사실을, 유진은 프로젝트에 발을 들이고 나서야 알게 되었다.

엘드시티 프로젝트의 최종 목표는 심해에서 육지의 자원을 대체할 수 있는 무언가를 찾는 것이었다. 그 무언가에는 살아 있는 것 그리고 지속 가능한 생산을 하는 것이라면 무엇이든 상관없었다. 한국의 바다는 유진이 생각하는 것보다 훨씬 더 상황이 좋지 않았다. 커다란 비닐과 플라스틱 더미가 곳곳에 몰려 있었고, 제대로 된 이동을 위해서는 먼저 그것들을 끊임없이 걷어내야 했다.

이 임무를 완수할 수 없을 것이라는 예감이 든 건 프로젝트 합류 후 일 년이 조금 지났을 즈음이었다. 그 예감은 계속해서 잦은 마찰을 빚고 있는 석주와의 트러블 때문도, 유진 외에 아주 심각하게 현 상황을 바라보는 사람이 전무하기 때문도 아니었다. 여러 번 표해수층, 박광층을 뚫고 심해 시작 부근까지 탐사에 탐사를 거듭해도 이렇다 할 만한 성과를 발견할 수 없었기 때문이었다.

유진은 참담한 기분을 여러 번 느꼈다. 특히 국내는 물론이고 전 세계적으로 멸종된 아귀를 발견 직후 무차별적으로 포획했을 때는 견딜 수 없을 정도로 분노했다. 해양생물의 존재 자체가 몹시 희귀해진 현 상황에, 연구실에서 그 생태를 관찰하며 여러 방법으로 자원 생성을 연구할 수 있었음에도 바로 죽여버린 것이다. 해당 잠수정의 작살을 들고 있던 사람은 석주였고, 이 일 때문에 유진과 석주는 크게 다투었지만 윗선에서는 당장 활용할 수 있는 '양식 세포'를 가져온 석주의 공을 높이 샀다. 이와 비슷한 일이 반복되자 유진은 이 모든 일을 정말로 이해할 수 없게 되었다. 눈앞의 먹이에만 급급하고 당장 주린 배 채우기에 혈안이 된 미개한 대상을 지켜보는 느낌이 들었다. 해양생물의 세포가 중요한 것이었다면 죽이지 않은 상태에서도 충분히 연구할 수 있는 것이 아닌가.

세계적으로 극히 소수만 남아 있는 해양생물을 무분별하게 포획하면서, 동해를 포함한 다른 구역의 바다에서는 더 이상 생명 징후가 포착되지 않았다. 그로부터 일 년이 넘도록 심해 탐사는 허울뿐인 활동이 되어버렸으며, 연구원들의 사기 또한 땅에 떨어진 채 의미 없는 탐사만 반복해왔다.

분실된 측정기가 보내온 알림과 궤도를 보기 전까지, 유진은 며칠 동안 어떻게 하면 깔끔하게 이 프로젝트에서 떨어져 나갈 수 있을지 고민하고 있었다. 앞이 보이지 않는 연구를 말 그대로 하는 척하며 삽질만 반복하는 건 과학자로서 아주 고역이었다. 그런 의미에서 측정기의 기이한 움직임은 유진의 꺼져가는 마음을 다시 불태우기에 충분했다. 이 알림과 기록을 자신만 열람할 수 있어서 다행이라고 생각했다. 알림에 대한 권한 설정을 한 번 더 확인하고, 유진은 자세를 고쳐 앉아 들여다보고 있던 노트북을 재부팅했다.

모든 측정기에는 기본적으로 카메라와 전파 및 음파계가 탑재되어 있었다. 바닷속을 유영하다가 무언가 기록으로 남길 만한 것이 있거나 특이한 것이 보이면 즉시 보고하고 사진으로 남겨 본부에 전송할 수 있도록 설정되어 있었다. 이론적으로 불가능한 전파의 이동이 이런 식으로 가능해졌다면 측정기가 이동하는 동안 무언가 찍혀서 전송되었을지도 몰랐다. 바다에서 전송하는 사진 역시 다양한 장애물을 뚫고 올라와야 하기에 고작해야 몇 바이트 정도 되는 크기겠지만 말이다.

노트북이 재가동되는 동안 유진은 긴장한 어깨와 팔을 두 번 돌려 스트레칭했다. 측정기가 보내온 알림에 정신을 빼앗긴 터라 알림과 함께 전송되었을지 모르는 파일을 체크하는 걸 깜박했다. 심해 언저리를 탐험하면서 찍은 사진을 제대로 전송하기도 실제로는 몹시 어려운 일이었지만, 만일 정말로 사진이 남아 있다면 측정 지점으로부터 이상한 방향으로 움직인 궤도에 대한 해답이 될 수도 있을 것이다.

유진은 익숙한 손놀림으로 패스워드를 입력했다. 그러고는 깔끔하게 정리된 바탕화면 오른쪽 구석에 세로로 정렬된 폴더 중 하나를 클릭했다. 이 프로젝트에 처음 들어왔을 때부터 유진의 권한 아래 이뤄진 모든 탐사에 대한 기록이 그곳에 있었다. 자잘한 메모부터 탐사 중에 보낸 사진까지, 깨진 파일이라고 하더라도 유진은 모든 걸 아카이브하고 있었다.

마지막 폴더가 만들어진 날짜는 벌써 열흘도 더 전이었다. 유진은 그 폴더들을 쭉 훑어 내려가다가 마지막으로 생성된 낯선 폴더에 시선을 고정했다.

새 폴더: 마지막 업데이트 32분 전

날짜별, 시간별로 정리된 폴더 사이에 기존 형식과 다른 폴더가 새로 생성되어 있었다. 유진의 기준대로 정리된 모든 파일 중에서 독보적으로 눈에 띄었다. 아직 이름을 수정하기 전의 새로운 폴더. 생성 날짜와 시간은 오늘, 그것도 조금 전에 만들어진 폴더였다.

유진은 마른침을 꼴깍 삼키며 주변을 둘러봤다. 측정기 분실 사건으로 인해 다른 팀원들은 바로 새로운 측정기 제작에 들어간 터라 유진이 있는 중앙 기기실은 아주 고요했다. 어차피 제대로 된 파일이 바다 밑에서 여기까지 보내졌으리라고는 생각하지 않았다. 지금까지 그런 식으로 바닷속에서 전송된 파일들을 복원하고 짜깁기하는 게 유진이 할 일이었으니, 이번에도 마찬가지일 것이다.

새 폴더를 클릭해 다른 형식에 맞춰 이름을 바꾼 유진은, 곧 바뀐 이름의 그 폴더를 열었다. 그곳에는 측정기 고유의 아이

디로 생성된 여러 개의 트래시 파일과 함께, 사진 형식의 파일이 세 개 들어 있었다. 섬네일로만 본다면 사진 파일들은 그냥 어두컴컴한 까만 조각과 다름없었다. 유진은 숨을 고르고 세 장의 사진을 하나씩 차례로 열었다.

까맣고 네모난 조각 세 개가 곧 노트북 화면 전체로 확대되어 펼쳐졌고, 그걸 확인한 유진은 숨이 멎을 것만 같았다. 사방이 분간되지 않는 어두운 배경에 무언가 반짝거리는 점이 하나 있었다. 첫 번째 사진에 명확하게 찍힌 불빛이 하나 보였다면 두 번째 사진에는 화면을 덮고 있는 듯한 얇은 비닐 같은 것이 보였다. 해파리인가? 수심 1,000미터 이상에 존재하는 심해 생물에 대해서는 아직 완전한 연구 결과보다 이렇다 저렇다 하는 추측 정도가 있을 뿐이었다. 유진은 눈을 가늘게 뜨고 두 번째 사진의 왼쪽 부분을 주의 깊게 바라봤다. 그래, 해파리일 수도 있다. 하지만 해파리에게 이 정도 되는 무게의 물건을 들거나 감아 안고 1킬로미터 이상 이동할 힘이 있던가?

이어서 열린 세 번째 사진을 목도하고 난 후, 유진은 숨을 잠시 멈췄다. 아니, 숨을 쉴 수 없었다는 설명이 더 맞을 것이다. 세 번째 사진에는 선명한 굴곡이 보였다. 그것은 해파리도 아니고 해초도 아니며 심해까지 내려간 비닐봉지, 혹은 바다 위에 떠다니던 어떤 부류의 쓰레기도 아니었다.

"사, 사람인가?"

유진은 저도 모르게 중얼거리다 스스로 입을 틀어막았다. 아니, 그럴 리는 당연히 없다. 무슨 생각을 하는 거야, 서유진. 유진은 뺨을 가볍게 툭툭 치고 눈을 여러 번 비비고 난 후 다시 모니터를 바라봤다. 하지만 이건 꿈이 아니었다. 사진 속에는 인간의 형상이 분명 보였다. 그것도 아주 길쭉하게 인간의 모습을 부분적으로 늘어놓은 듯한, 그러니까 마치 이건…….

'인어?'

유진은 속에서 불쑥 올라온 생각을 애써 도리질하며 떨치려 애썼다. 인어 같은 게 실존할 리가 없다. 인간과 꼭 같은 모양을 한 해양생물은 결국 인간이 만들어낸 허상이고 이야기일 뿐이다.

하지만 사진의 정중앙, 다소 흐리고 픽셀도 자글자글하게 깨져 있지만 분명히 보이는 형체는 정말 인간의 모습이었다. 유진은 옆에 놓아둔 블루라이트 안경을 썼다 벗었다 반복하며 자신이 보고 있는 게 실체가 맞는지 여러 번 확인했다.

사진의 형상에 집중하느라 이 사진 자체 또한 엄청난 발견이자 기록임을 잊고 있었다. 측정기 어딘가에 오류가 있어 이상한 이미지가 마음대로 출력된 게 아니라면, 수심 1,600미터 부근에서 오로지 전파를 통해 이곳까지 사진이 전송될 수 있음을 증명한 최초의 사례가 될지도 모른다. 만일 그렇다면 심해에 우리가 지금까지 알지 못했던 특별하고 특이한 존재가 거주 중이라는 말이고 그 존재가 인간처럼 도구를 다루고 인간의 형상과 비슷한 꼴을 하고 있다는 셈이 된다.

모니터를 한참 들여다본 유진은 다소 빡빡해진 눈을 비비며 자리에서 일어났다. 이럴 때 시원한 얼음물이라도 벌컥벌컥 마시면 정신이 퍼뜩 들고 머리가 선명해질까. 하지만 지금은 한여름이고 얼음을 구할 방도는 없었다. 얼음물을 떠올리니 어린 시절에 실컷 먹던 과일과 각종 주스, 깨끗한 물이 떠올라 금세 허기가 올라오는 느낌이 들었다.

그런 생각이 들자 유진은 얼른 노트북을 닫았다. 가끔 바닷속을 너무 집중해서 들여다보면 헛것이 보일 때가 있었다. 무언가에 열중하면 앞뒤 생각하지 않고 오로지 그것에 몰두하는 성격은 타고난 것이자 유진의 장점이었지만, 동시에 약점이기도 했다. 차분히 생각할 것. 이론에 기대어 이성적으로 생각할 것. 유진은 책상 위에 올려둔 볼펜과 노트를 집어 들고 '침착' '안정' 따위의 단어를 반복해서 쓰며 심호흡했다.

여전히 두근거리는 마음을 부여잡고 유진은 생각했다. 딱 한 번만 아주 편안한 마음으로 다시 보자. 당이 떨어진 게 아닐까? 성과를 내겠다는 생각에 사로잡혀서 헛것을 스스로 만들어낸 게 아닐까? 유진은 절전 모드로 들어간 노트북 화면을 눈을 가늘게 뜨고 노려봤다. 평온한 상태에서 한 번만 제대로 확인하자.

그러나 변하는 건 없었다. 헛것을 본 게 아니었다. 세 장 중두 장에는 아주 작은 불빛과 비닐처럼 투명한 인간의 형상이 명백하게 찍혀 있었다.

유진은 그 사진이 담긴 폴더를 숨김 폴더로 설정한 후, 인터넷 창을 열어 각종 문서를 뒤지기 시작했다. 당장 구글에 단어 몇 개를 조합해 얻을 수 있는 기사나 논문들부터 접속이 원활하지 않지만 전문적인 정보가 상당히 포진해 있는 해외 학술서 사이트까지 닥치는 대로 모두 뒤졌다.

하지만 어디에도 유진이 찾는 자료는 없었다. 인간과 비슷한 형상을 한, 심해 생물체에 관한 자료는 아예 존재하지 않았다. 인도 남부 어딘가에서 누군가 돌고래와 사람을 섞어놓은 듯한 생명체를 봤다는 포스팅을 발견해 그곳에서 사용되는 타밀어를 번역해봤으나 그건 그자가 쓰고 있던 SF소설의 일부였음을 깨닫고는 허탈한 심정이 되었다. 말도 안 되는 조합의 단어들까지 붙여가며 검색했지만 결국 원하는 답을 찾을 수 없었다.

만일 정말 최초로 한국에서 인간의 형상과 흡사한 모습을 가진 심해 생물체가 발견된 것이라면 학명은 어떤 게 좋을까. 수심 1,000미터에서 3,000미터 정도 되는 심해중층의 생물이라고 가정한다면, 색으로 먹이를 찾는 포식자들에게 들키지 않기 위해 대체로 어두운 색을 띠거나 발광하지 않는 게 일반적이다. 또한 머릿속에 바로 떠오르는 심해 아귀 등의 다른 생물들은 일정한 해류에 표류하거나 해구에 집을 짓고 살지 않고 중심해와 저심해 영역을 오가면서 생활한다. 물론 이건 현재까지 발견된 심해 생물을 기준으로 한 이야기다. 인간의 상상 이상으로 심해에는 다양한 생물들이 포진해 있음을 감안하면, 우리가 아는 심해 생물들은 새 발의 피에 불과할 것이다.

유진이 봤던 사진 속 얼굴. 마치 예전 고전 명화에서 봤던 표정으로 무언가 절규하고 있는 듯 놀란 표정의 얼굴과 그에서 뻗어 나와 정확히 몸통을 이루고 있는 일부. 그런 식으로 생활하는 심해 생물이 있다면 그걸 단지 인간의 얼굴을 닮았다는 이유만으로 '인어'라고 부를 수 있을까. 인간에게 심해는 아직 미지의 세계다. 빛이 닿지 않아 광합성을 할 수 없는 곳에서 사는 이 특이한 생물이 만일 인류의 조상 정도 된다면, 육지에서 숨을 쉬고 있는 우리가 어떤 면에서는 퇴화한 자들이 아닐까.

상기된 표정의 유진은 떠오르는 생각을 한참 노트에 적어

내려갔다. 현 시점에서 가장 큰 문제는 이 사진을 비롯해 분실한 측정기에서 올라온 알림에 대한 보고를 어떻게 할 것인가였다. 지금의 잠수정은 조금 무리는 있지만 보완만 잘 한다면 사진이 전송된 지점, 그러니까 측정기의 측정 지점까지 내려갈 수 있는 기술을 탑재하고 있었다. 이것을 대대적인 공지로 프로젝트 팀원들에게 발표하고 상부에 보고하면, 몇 달 전 무차별적인 포획과 사살을 하던 일이 다시 일어날지도 모른다. 유진은 그것만큼은 막고 싶었다. 심해 생물은 포획할 수도 없고, 포획되어서도 안 되는 존재들이다.

유진은 핸드폰을 들어 알림을 모두 읽음 처리해 삭제하고 노트를 책장 사이에 숨겼다. 그리고는 노트북을 열어 폴더 내의 트래시 파일을 모두 지우고 숨김 폴더가 제대로 있는지 확인한 후 비밀번호를 걸어둔 폴더를 하나 더 생성해 거기로 사진들을 복사했다.

프로젝트 입소 당시 전달받았던, 탐사를 포함해 연구 중인 바다에서 일어나는 모든 일은 개개인의 자산이 아니기에 투명하게 공유해야 한다는 조항이 머릿속에 스쳤다. 프로젝트 합류 후 이 년 반 동안 유진은 그 규율을 단 한 번도 어긴 적이 없었다. 하지만 이번에는 어길 수밖에 없었다. 유진은 이게 맞는 일이라 판단했다. 다른 사람들에게 분실 측정기의 알림이 가지 않고, 최초 보고 및 관찰의 권한이 오롯이 자신에게 있음을 유진은 천운으로 여겼다.

지금까지 알지 못했던 새로운 생명체를 발견한 걸 수도 있다. 그렇다면 학계의 연구 자료뿐 아니라 인류의 해양사를 다시 써야 할지도 모르는 일이었다. 그러나 유진은 더 이상 깊게 생각하지 않기로 했다. 그냥 마음이 시키는 대로 행동하고 싶었다. 유진은 본능적으로 자신이 발견한 생명체를 보호해야 한다는 생각이 들었다. 가능한 한 오래, 다른 누구에게도 들키지 않고 말이다.

측정기를 포함해 다수의 탐사 잠수함들을 유진 자신이 관리하는 것도 다행이었다. 지금까지 별다른 생각 없이 그냥 맡은 바 임무만 꾸역꾸역 수행했기 때문에 권한 자체에 대한 감흥은 전혀 없었다. 하지만 지금부터는 다를 예정이었다. 직권 남용이라고 누군가 비판해도 어쩔 수 없었다. 어차피 뚜렷한 답이 없는 요즈음 유진은 과학자로서 가슴이 뛰는 쪽에 더 치중하고 싶었다.

곧 기지 전역에서 휴식 시간을 알리는 알림음이 길게 울렸다. 각자의 구역에서 몰두하고 있던 사람들이 분주하게 여기저기로 움직이는 발소리가 들렸다. 유진은 핸드폰의 캘린더를 열어 오늘 이 시간 이후의 일정을 확인했다. 심해 탐사가 없는 날은 대체로 잠수정 보수와 해수면 순찰, 예컨대 쓰레기 걷기 등이 전부였다. 새 측정기 제작에는 사흘 이상이 걸릴 테고 그사이 다른 잠수정들은 추가적인 점검에 들어가야 하니 탐사 팀 전체를 맡고 있는 유진을 당분간 방해할 사람은 없어 보였다. 딱 한 사람, 김석주 부팀장을 제외하면 말이다.

김석주는 말하자면 유진과 상극 같은 존재로, 유진의 후임인 동시에 유진이 부재중일 때 모든 권한을 유진 대신 대행할 자격이 있는 중책을 맡고 있었다. 수년 전부터 이곳에서 연구를 시작했기에 유진보다 나이도 연구소 경력도 월등히 많지만 유진이 입소하면서 그가 가진 모든 권한이 유진의 것으로 바뀌었다. 유진이 연구소에 적응하는 초반 몇 개월 동안 석주는 그 불쾌함을 굉장히 노골적으로 드러내며 유진을 적대시했다. 당장 해야 할 임무가 있는데 제대로 이행하지 않는다거나 모든 행동에 이유와 근거를 제시해달라며 과도한 요구를 하는 등 하나부터 열까지 유진과 결이 맞는 지점이 아예 없었다. 게다가 본격적인 탐사가 시작되니 심해 생물군 전체를 대하는 태도가 몹시 달라 두 사람은 자주 부딪쳤다.

분실된 측정기의 카메라를 통해 포착된 이 생물이 정말 미발견된 생명체가 맞다면, 정확한 연구가 이뤄지기 전에 김석주 팀장이 이 사실을 알지 못하도록 어떻게든 숨겨야만 했다.

유진은 그와 이 년 동안 함께 지내며, 해양생물과 관련된 다양한 사건 사고를 겪었다. 다시는 떠올리고 싶지 않은 해양생물 사살 사건 또한 김석주의 주도하에 이루어졌었다.

특히 잠수정 탐사 임무인 엘드시티 프로젝트 전반은 유진이 통솔하고 있기 때문에 유진만 접근할 수 있는 정보가 아주 많았는데, 유진은 석주가 그 틈을 어떻게든 파고들려고 노력한다는 걸 잘 알고 있었다. 그는 크든 작든 모든 발견과 연구의 가장 상단에 자신의 이름을 써넣지 못해 안달 난 사람이었다. 이런 세상에서도 팀장 타이틀을 달지 못해 안달인 사람이 있다니, 유진은 석주를 정말로 이해할 수 없었다.

유진의 방은 팀원의 왕래가 잦은 곳이 아니기 때문에 우선은 마음을 놓을 만했다. 지금까지 누군가 방에 들어와 함부로 물건을 만지거나 집기를 가져가는 등의 불상사는 일어나지 않았다. 하지만 숨기고 싶은 것이 생기고 나니 상황은 달라졌다. 유진은 흔하지는 않지만 그래도 종종 있는 석주의 급작스러운 방문이 제일 걱정되었다. 기지를 떠나지 않는 이상 이곳에 완전히 은폐되는 비밀 같은 건 없기 때문이다. 유진은 방 안의 다양한 가구와 집기를 둘러보며 누군가의 불시 방문 혹은 점검에 대비해 새롭게 시작할 연구 기록을 어디에 어떤 식으로 저장해둘지 고민했다.

하지만 역시 가장 중요한 건 따로 있었다. 사진으로 포착된, 인간을 닮아 보이는 그것이 정말로 살아 숨 쉬는 생명체라는 게 확실한 걸까? 처음 핸드폰 알림을 확인했을 때, 측정기가 보내온 흐릿한 사진을 확인했을 때 솟구쳤던 흥분이 이제야 조금 가라앉는 느낌이 들었다. 사진을 확인하자마자 즉각적으로 뿜어져 나왔던 도파민이 사그라들자 유진은 이성적이고 차분한 상태로 돌아왔다. 팀원들의 불시 방문에 대비하거나 앞으로 생길 수많은 연구 자료를 위한 공간을 만들어두기 전에 반드시 해야 하는 게 있었다. 그건 바로 측정기가 보내온 자료가 맞는지 확인하기 위한 재탐사였다.

물론 심해로 떨어진 측정기를 회수할 생각은 추호도 없었다. 수압으로 인해 지금쯤 측정기는 바스라져 이미 수 갈래로 조각났을지 모르니 말이다. 제일 중요한 건 잃어버린 부품의 회수나 무리하게 똑같은 궤도를 향해 돌진하는 것이 아닌 비슷한 상황에서 한 번 더 탐사를 반복하는 것이었다.

분실 측정기로 인해 예정된 탐사 스케줄이 조금 미뤄진 상황이었다. 며칠간은 탐사가 없을 예정이니 유진은 남는 시간 동안 다양한 상황을 예측해 다음 탐사에서 모든 걸 밝힐 수 있도록 노력할 예정이었다. 지금까지 타깃을 정확히 잡고 탐사를 나간 적은 없었다. 목표가 생긴 만큼 준비에 만전을 기해야 했다. 제일 중요한 건 이번 탐사는 반드시 혼자 나가야 한다는 것이었다. 만일 여럿이 서로 다른 잠수정을 타고 동시에 출정을 나간다면 적어도 분실 측정기가 알림을 보내온 수심 좌표 쪽으로는 단독으로 이동해야 했다.

유진은 눈동자를 초롱하게 빛내며 탐사에 필요한 장비를 꾸리기 시작했다. 수압에도 기능하도록 설계된 고성능 수중 촬영 카메라와 혹시 모를 상황에 대비한 방수 처리된 일회용 카메라 두 대, 밑으로 내려갈수록 낮아지는 수온에 대비한 방한용 옷가지, GPS와 개인 녹음기. 유진은 마치 배낭여행을 준비하듯 사무실 한편에 출정 준비 품목을 가지런히 놓아두고 그것들을 길게 응시했다. 수많은 시간 동안 탐사와 기록을 반복하다 보니 필요한 짐을 챙기는 것도 제법 익숙해졌다.

유인 잠수정으로 탐사를 가기 위해서는 무인 잠수정을 띄우는 일보다 몇 배의 노력과 준비가 필요하다. 최근에는 산소 조달에 어려움을 겪고 있기도 했고 무엇보다 연구소가 목표로 하는 건 표해수층이 아닌 중해수층 아래기 때문에, 그곳에 무사히 잠수정을 도달시키려면 예상치 못한 변수를 가져다주는 인간이라는 요인은 제거해야 했다. 그러니 당연히 유진은 측정 지점까지 도달하지 못할 것이다. 유진은 수압이 버티는 한도까지 깊이 내려갈 예정이었다. 잠수정으로 도달할 수 있는 가장 안전한 한도까지 말이다.

　마지막으로 만들어낼 것은 그럴싸한 핑계였다. 최근 몇 주 동안 유인 잠수정을 내려보낸 적이 없었다. 육지에서 떠밀려 내려오는 각종 쓰레기가 바다를 뒤덮고 있기에 그것들을 청소하며 내려가려면 어쨌든 많은 시간이 필요했고, 또 사람이 탑승하는 잠수정은 안전 문제를 포함한 여러 제약이 동반되기 때문이다. 유인 잠수정은 1인용부터 5인용까지 다양하게 구비되어 있지만, 연구소에 잠수정 조작과 기능 훈련을 처음부터 끝까지 제대로 받은 연구원은 몇 명 없었다. 유인 탐사선을 이끌 수 있는 사람은 한계가 있었고 탐사가 가능한 연구원끼리 로테이션을 돌다 보면 자연스럽게 피로가 쌓이는 만큼, 유인보다는 무인 출정이 보편화되었다.

　분실 측정기의 파편을 찾으러 간다고 해야 할까? 아니면 측정기에서 올라온 약간의 잡음이 잡히는 지점을 확인하러 간다고 해야 할까? 어차피 유진의 개인 탐사를 막을 사람은 없겠지만 전후 보고에 대한 대책은 어느 정도 세워놓는 게 마음 편했다.

　유진의 머릿속에서 다양한 핑계가 쓰였다가 사라지기를 반복했다. 필요한 개인 장비를 챙기는 건 끝났고 탐사 때 쓸 잠수정의 구석구석을 여러 번 체크하는 일만 남았다. 정기 탐사는 며칠 뒤에야 다시 시작될 예정이었으나 유진의 마음은 이미 그날에 닿아 있었다. 그동안 해야 할 건 곧 다가올 탐사의 중요성을 알리는 것이었다.

휴식 시간 종료를 알리는 알림음이 기지 여기저기서 길게 울렸다. 팀원들이 일사불란하게 자리로 돌아가는 소리를 들으며 유진은 팀장실을 빠져나왔다. 유진이 밖으로 나오자마자 팀장실의 커다란 철문이 단단히 잠겼다. 유진은 습관적으로 문이 제대로 닫혔는지 두어 번 더 확인했다.

접
촉

발광하는 수정석이 아주 옅게 광장 안쪽을 밝히고 있었다. 발라비의 다섯 장로 중 가장 나이가 많은 토리사는 주변을 두리번거리며 다른 발라비들이 없는지 살핀 후에야 가까스로 입을 열었다.

"우선 오늘 이렇게 갑작스레 소집하게 되어 죄송합니다. 일을 내려놓고 급히 달려오신 건 아니죠?"

그러자 다른 장로들은 저마다 고개를 저었다. 그중 베디가 잠시 생각하다가 대답했다.

"일은 없었지만 금지구역 근처에 다녀온 발라비가 하나 있었습니다. 경고를 하고 오던 길인데 이런 것도 공유해야 할지……."

금지구역이라는 단어가 나오자마자 모든 장로의 시선이 베디를 향했다.

"누구였죠? 탐사대원이 아니었나요?"

"탐사대원의 가족에 속하는 발라비이긴 했습니다만, 아실지 모르겠네요. 네하라는 어린 발라비입니다."

베디의 말을 들은 토리사가 흐음 하는 소리를 내며 말했다.

"길을 잘못 든 것일 수도 있겠죠. 네하라는 그 어린 발라비가 예전에도 그런 적이 있었나요?"

그러자 베디는 고개를 저었다.

"그렇다면 크게 신경 쓸 일은 아니군요. 그런데 공교롭게도 오늘 소집한 이유도 바로 그곳 때문입니다. 금지구역이요."

"금지구역……."

"정확히 말하자면 발라비들의 생활권에 관해서입니다. 최근 해류가 조금 이상하게 변화하는 느낌이 드는데 저만 느낀 것인지 다른 장로들도 공감하는지 궁금합니다."

"해류의 변동이라면 여기 다섯 장로 모두 조금씩은 느끼지 않았을까요?"

"특별할 것은 없지만 해마다 조금씩 이상한 변화가 포착되긴 합니다. 예를 들면……."

조용히 이야기를 듣고 있던 리먼 장로가 입을 열었다.

"금지구역 쪽에서 부쩍 쓰레기가 많이 내려오고 있어요. 탐사대가 심혈을 기울여 청소하는데, 요즘 부쩍 더 심해졌단 말이죠."

리먼의 말이 끝나자 모두가 고개를 끄덕였다.

"지금까지 발라비들에게 그게 큰 위험으로 느껴지지는 않았습니다만 앞으로가 고민이라는 말이군요. 어떻게 하면 좋겠습니까?"

토리사가 한숨을 쉬며 장로들을 둘러봤다. 토리사를 포함한 베디, 하스, 하케, 리먼은 모두 침묵에 잠겼다. 금지구역 위쪽에 생긴 거대한 막 같은 것으로 인해 일정 시간마다 이상한 폭풍 현상이 일어나는 등 해수의 전반적인 흐름에 변화가 생기고, 예전만큼 해류가 원활하게 돌지 않게 된 것은 사실이다. 하지만 그걸 어째보겠다는 생각은 아무도 하지 못했다. 그것 또한 흐름의 일부일지 모르니까. 장로의 장로가, 선조의 선조가 세운 이곳은 아주 오래전부터 발라비들의 터전이었다. 구역과 구역을 이루는 해수층의 변화는 꽤 예전부터 생긴 것이었다.

장로들은 각자 자신의 어린 시절을 떠올렸다. 금지구역은 그때부터 존재했고 그 이전부터 수많은 발라비가 접근을 자제하던 곳이었다. 물론 지금처럼 완벽하게 통제되지는 않았지만, 어쨌든 발라비들에게는 암묵적인 규율이었다. 그리고 그때는 지금처럼 이상하고 기이한 물건들이 주기적으로 마을에 떠밀려 내려오기 이전이기도 했다.

"토리사 장로님, 혹시……."

베디가 세 번째 눈을 번득이며 토리사를 바라보았다. 토리사는 베디를 포함한 다른 장로들을 번갈아 바라보며 답했다.

"지금의 마을이 그 정도는 아니니까요. 그러니까 아직은 아니겠죠?"

"그래도 지금은 안전한 편 아닌가요? 침입 같은 것을 받아본 적도 없고 말이죠. 발라비들이 돌발 행동을 하지 않는 한……."

"언제나 그렇듯 발라비들은 한마음 한뜻이죠. 금지구역에 부러 가려는 발라비는 없습니다."

베디는 장로들의 말을 듣고 네하의 평소 모습을 떠올렸다. 다른 발라비들은 몰라도 네하와 키라는 어린 시절부터 지금까지 쭈욱 지켜봐왔다. 베디는 자신이 특별히 애정을 주는 발라비는 없다고 생각했지만, 이상하게 네하와 키라만큼은 조금 더 마음이 갔다. 호기심이 너무도 많은 네하 때문인지, 아니면 어린 발라비치고는 지나치게 이성적인 키라 때문인지 알 수 없었다.

베디는 오전에 있던 일을 다시 되짚어보았다. 거짓말하는 것처럼 보이지는 않던 네하의 말투와 눈빛. 그 사이에 무언가 이상하고 이질적인 느낌이 불현듯 스쳤지만 정확히 그게 뭔지는 알지 못했다. 언젠가부터 네하를 바라보고 있으면 마음 한 구석이 오묘해지는 기분이 들었다. 그 기분의 출처는 뭘까? 미래에 생길 일을 예지하는 능력은 이미 베디의 앞 세대에서 끊긴 지 오래였다. 혹시 모를 능력이 조금이나마 유전되었다면, 네하를 바라보며 느끼는 감정의 출처가 터무니없는 일은 아닐 거라는 생각도 간혹 들고는 했다.

베디는 길게 한숨을 쉬었다. 아니다. 모든 게 이 늙은이가 지나치게 신경을 쓰고 있어서일지도 모른다. 불행이나 행운의 전조라니, 그런 걸 이제 우리 세대가 느낄 수 있을 리 없다. 밤낮으로 바뀌는 해류의 흐름에 너무 신경을 쓴 탓인가.

욱신거리는 머리를 진정시키려고 안간힘을 쓰는 베디를 바라보며 토리사가 걱정스러운 듯 물었다.

"베디 장로님, 어디 불편하신가요? 그게 아니면 혹시 능력이⋯⋯."

"아, 아뇨. 능력이라니요. 가당치 않습니다. 저를 오래 봐오셔서 알지 않습니까. 요즘 너무 신경을 쓴 탓이에요."

계속 숨죽이며 상황을 바라보고 있던 하스 장로가 나지막이 말했다.

"하지만 지금과 같은 일들이 계속 일어난다면 언젠가는 해야 할 일 아닙니까."

"그건 그렇지만 우리 세대 이후에야 준비될 일 같기도 하고요. 물론 정확하게 시기를 알 수는 없습니다만, 맞습니다. 언젠가는 해야 할 일이긴 하죠."

"우선 장로님들의 의견은 잘 알겠습니다. 특별한 일이 생긴다면 꼭 알려주세요. 만일 지금의 안전이 영원할 수 없다는 게 확실해지면 그때야말로 결단을 내려야 할 테니까요."

"인간과의 접촉 같은 일 말입니까?"

상념에 잠겨 있던 베디가 무심코 꺼낸 말에, 다른 네 장로가 즉시 베디를 바라보며 인상을 찌푸렸다.

"베디 장로, 어떻게 그런……."

그러자 베디는 아차 싶어 손사래를 쳤다.

"아니, 아닙니다. 다만 그렇게 배웠으니까요. 제 말은 지금 그렇다는 것이 아니라……. 여러분도 다 알지 않습니까, 발라비 대대로 내려오는 주의 사항 말입니다."

당황한 베디가 땀을 뻘뻘 흘리자 토리사가 예의 웃음을 지어 보이며 베디와 다른 장로들을 안심시켰다.

"베디 장로님 뜻은 잘 알고 있습니다. 우리가 인간에 대해 이야기한 건 아마 꽤 오래전이지요. 그리고 모두 알고 있듯 인간은 이곳을 견디지 못합니다. 시도는 물론 여러 번 있었다고 전해지긴 합니다만, 우선 이쪽은 아니었고……."

"구전으로 전해 내려오는 것일 뿐이지요. 그러니까 다른 해역 어딘가의 발라비들에게요."

하스의 말에 베디와 토리사를 제외한 나머지 두 장로의 표정이 천천히 풀렸다. 저마다 약간의 탄식을 뿜어내며 서로를 안심시켰다.

"그 이야기는 앞으로도 꺼내지 않게 되길 바랍니다. 점점 좋지 않게 변해가는 사태 또한 인간을 통해 일어난 게 아닌지 의심되긴 합니다만, 우선 적어도 발라비들의 마을은 안전하니까요. 그리고 그 일이 일어난 것도 몹시 오래전 아닙니까."

토리사가 말을 마치자 모든 장로가 일제히 고개를 끄덕였다. 발라비들 사이에서 유일하게 다섯 장로만 공유하고 있는 인간에 대한 소문과 사건. 그리고 이들 중 유일하게 토리사만이 겪은 아주 오래전, 이름도 알 수 없는 선대 발라비의 사건. 금지구역을 맴돌다 그대로 끌려 나가 돌아오지 못했던 그 끔찍한 사고를 떠올린 토리사는 머리를 휘휘 저으며 진저리를 쳤다.

"지금쯤 각 구역 청소가 끝났겠네요. 이제 각자 돌아가셔도 좋습니다. 오늘은 여기까지 하겠습니다."

토리사가 마무리 인사를 마치자 모든 장로가 광장 한편의 장로 집결지를 떠나 분주하게 각자의 집으로 향했다.

장로들이 모두 사라지고 광장이 완벽하게 고요해지자, 대왕 오징어의 잔해에 몸을 숨기고 있던 네하가 미끌거리는 껍질을 들어 조용히 얼굴을 내밀었다. 새로운 수집품을 더 단단히 숨기기 위해 죽은 해양생물들의 잔해를 찾아 여기까지 오게 된 건 우연이었다. 베디에게 들키고 싶지 않아 내친김에 껍질을 덮고 숨어 있던 네하는 뜻하지 않게 듣게 된 새로운 정보를 머릿속에서 정리하며 뛰는 가슴을 애써 잠재웠다. 그중 가장 오래도록 기억에 남는 단어는 딱 하나였다.

인간. 인간이라니. 역시 네하의 예상대로 금지구역 너머에 무언가 존재하고 있었다. 베디가 말한 인간과의 접촉은 무엇일까. 인간은 어떤 존재일까.

네하는 지금까지 단 한 번도 만나본 적 없고 서적이나 도감을 통해서도 접한 적 없는 새로운 존재의 이름을 오래도록 입 안에서 굴렸다. 이미 그 전후에 보고 들었던 장로들의 불쾌한 표정이나 예민한 말투 같은 건 잊은 지 오래였다.

집으로 돌아가면서도 네하의 머릿속은 온통 인간에 대한 이야기로 가득 차 있었다. 혹시 그 물건들 모두 인간의 생활품일까? 그들은 어떤 존재일까? 왜 이쪽까지 넘어오지 못하는 걸까? 인간과 접촉한 선대 발라비들에게는 도대체 무슨 일이 있었을까?

'언젠가 나도 인간이라는 존재를 만나볼 수 있다면, 그들이 떨어뜨린 이 물건들의 쓰임을 알 수 있게 될지도 모르지.'

머릿속에 빛이 번득이는 느낌이 들었다. 네하는 키라에게 이 새롭고 놀라운 사실을 공유하기 위해 지느러미 움직임에 조금 더 박차를 가했다.

*

"인간?"

키라는 그런 단어는 처음 듣는다는 표정을 지으며 고개를 갸우뚱했다.

"아니, 그보다 장로들의 회의를 엿들은 거야? 너 제정신이야?"

키라는 네하의 어깨를 잡고 여러 번 흔들었다. 네하는 미간을 찌푸린 채 자신을 쏘아보는 키라를 더 가까이 끌어당기며 말했다.

"경계에서 주운 물건을 감출 만한 곳이 없나 찾으러 간 거였어. 우연이었다고."

키라는 고개를 절레절레 저으며 바로 옆의 커다란 돌덩이에 자세를 고치고 기댔다. 네하는 주변을 두리번거리며 그런 키라를 데리고 자신의 집 쪽으로 향했다. 키라는 저항 없이 네하가 이끄는 대로 향했다.

청소 시간이 끝났고, 곧 집 안이나 여러 구역에서 일하고 있던 발라비들이 밖으로 나와 휴식을 취할 터였다. 각자의 담당 구역으로 떠난 장로들이 불시에 둘의 대화를 들을 수 있을지도 모르는 일이기에, 네하는 가장 안전한 자신의 집으로 키라를 데려갔다. 네하의 방 한가운데는 조금 전에 획득한 물건을 넣어둔 상자가 있었다. 네하는 키라에게 그 물건이 저기 들어 있다는 눈짓을 보냈다.

키라와 네하는 방 안에 자리를 잡고 앉아 잠시 동안 말없이 작은 상자를 응시했다. 바깥이 소란스러워지고 다른 발라비들이 웅성대는 소리가 들리자 그제야 키라가 다시 입을 뗐다.

"그러니까 저 물건이 그 인간이라는 것의 전리품이나 소유품 뭐, 그런 거라는 말이지?"

"정확히는 모르겠지만 그런 것 같아. 접촉한 적도 있었던 것 같고."

"인간과 발라비가 말이야?"

네하는 고개를 끄덕이며 말을 이었다.

"인간은 이곳을 견디지 못한다고 하는 걸 보니 우리랑 비슷한 부류는 아닌 것 같아. 그리고 금지구역을 계속 언급하는 걸 보면 저 위에 존재하는 무언가가 확실해. 빛이 내려오는 곳에서 생활하는 게 아닐까?"

네하의 말이 끝나자 키라는 눈을 감고 곰곰이 기억을 더듬어 짚어봤다. 모든 발라비에게는 정해진 임무가 있었다. 키라 자신도 주변 해역을 밝히거나 신호를 보낼 수 있는 능력을 활용해 일과를 수행하며 생활하고 있었다. 애초에 탐사대는 따로 나뉘어 있었으니 주변 구역을 넓게 탐사하면서 습득하는 정보는 키라 같은 발라비가 알기 어려웠다. 아주 어릴 때 관련된 내용을 배운 적이 있었던가? 분명 생소한 단어지만 그 형상에 대해서는 어디선가 스치듯 본 것 같기도 한 기분이 들었다. 그게…… 뭐였더라.

순간 키라의 머릿속에 불현듯 스쳐 지나가는 게 있었다.

"책!"

키라가 빽 소리를 지르자 네하는 흠칫 놀라 두 눈을 동그랗게 뜨고 키라를 바라봤다.

"책?"

"그래, 책. 너희 집에 있는 오래된 책에서 분명 그 단어를 봤어. 인간. 아까 인간이라고 했지?"

네하가 말없이 고개를 끄덕이며 답했다.

"그건 맞는데 책이라니. 우리 집에 그런 게 있던가……."

"기억 안 나? 분명 너희 집에서 봤어. 너랑 나랑 같이 책장 뒤지다가 발견한 것 같은데. 그때 허락 없이 뒤졌다고 너 혼났던 거 기억나지?"

키라의 말을 듣자 네하의 머릿속에서도 떠오르는 기억이 하나 있었다. 탐사대인 어머니의 어머니로부터, 그보다 더 위로부터 물려받은 여러 책과 기록을 모아둔 거대한 책장. 집안의 가보이자 오직 탐사대로의 능력이 발현된 발라비들만 접근할 수 있는 일종의 거대한 수납처이기도 했다.

하지만 무엇 때문에 혼났는지는 잘 생각나지 않았다. 그땐 너무 어렸고 네하는 그 일을 곧 잊어버렸으니까. 때문에 이번 만큼은 키라의 기억력을 믿어보기로 했다. 이성적인 판단에 있어서 네하는 키라를 신뢰하지 않은 적이 없었다. 대부분의 경우에는 말이다.

네하와 키라는 누가 먼저랄 것 없이 머문 자리를 떠나 네하의 집 입구 쪽 거대한 책장이 위치한 곳으로 몸을 옮겼다. 크고 낡고 견고한 책장을 잠시 동안 바라보던 네하가 먼저 입을 열었다.

"책장을 확인해보고 싶은데, 그러면 안 되겠지?"

네하는 키라의 눈치를 살폈다. 예전의 기억이 있기 때문에 당연히 키라가 허락하지 않을 거라 생각했기 때문이다. 하지만 키라는 의외의 대답을 내놓았다.

"다른 식구들은 집에 언제쯤 오는지 알아?"

"어, 그러니까…… 오늘은 아마 늦게 도착할 거야. 원래 대청소가 있는 날은 다른 구역을 모두 돌고 오거든."

"그러면 여유는 있다는 말이네?"

"그, 그렇긴 하지. 근데……."

네하는 알 수 없다는 표정을 지으며 키라를 바라봤다.

"어차피 내가 없을 때 찾아볼 거잖아. 내가 말하지 않았어도 너는 갖은 수를 다 써서 인간이라는 존재에 대해 기록된 게 있나 없나 사방팔방 다 헤집고 다녔을걸. 차라리 이게 마음 편하지."

키라는 그런 네하의 속마음을 꿰뚫고 있다는 듯 한숨을 쉬며 먼저 책장의 가장 높은 곳에 위치한 책부터 뒤지기 시작했다. 그러자 네하도 조심스럽게 책 하나하나 손을 뻗어 관련된 내용이 있는지 찾아보았다.

키라가 네하와 함께 인간에 대해 찾아보기로 결심한 건 비단 네하의 단독 행동이 걱정되서만은 아니었다. 물론 조금 전처럼 정신이 팔려 위험한 행동을 할지도 모르는 네하가 가장 문제였지만, 일반적인 발라비들에게 철저히 숨겨진 채 장로

끼리만 공유하는 인간이라는 존재에 대해서 궁금증이 들었기 때문이다. 예전부터 모든 발라비와 공유하지 않는 정보가 있다는 건 알고 있었지만, 흔하지 않은 장로들의 소집이 일어났고 논의 중에 언급된 인간이라는 단어에 대해 대부분의 장로가 소스라치게 놀랐다고 하니 키라 입장에서도 호기심이 들지 않을 수 없었다. 모르는 게 상책이라는 말도 있긴 하지만, 그건 어디까지나 네하의 말을 듣기 전까지의 이야기였다.

"아래쪽의 기록들은 거의 이동이 없어. 또 엄마가 책을 자주 들여다보는 편도 아니거든. 책장은 어떻게 보면 좀 장식장 같다고 해야 할까."

네하의 조언에 따라 키라는 몸을 숙여 높은 곳보다 낮은 곳 위주의 책들을 둘러봤다.

키라는 밑에서 두 번째 책장으로 시선을 옮겼다. 자주 꺼내 보지 않은 흔적이 역력한 책들이 서로 살짝 얽혀 있었다. 군데군데 기록들을 실 같은 것으로 묶어둔 낱장들이 있었다. 네하는 키라의 보조에 맞춰 그것들을 전부 밖으로 꺼내 하나씩 정리하듯 들여다보기 시작했다.

기록과 책에 새겨진 글과 그림은 꽤 다양했다. 개중에는 네하와 키라가 태어나기 이전에 쓰여진 것들도 있었다. 첫 탐사를 시작하던 네하 가족의 이야기와 어머니가 처음으로 발견했던 생물들, 넓게 바라보며 멀리까지 유영하는 법 등 다양한 정보가 기록되어 있었다. 개중에 필체를 알아보기 힘든 기록도 있었고 어떤 생물인지 명확하게 판단할 수 없을 정도로 지워진 그림도 많았지만, 대부분 네하와 키라가 살면서 보았던 내용이었다.

키라가 멸종된 생물군을 그려둔 그림에 잠시 한눈팔려 있을 때, 네하는 키라 대신 아래 칸의 책장을 꼼꼼히 뒤졌다. 아무렇게나 쑤셔져 있는 것 없이 모두 질서정연하게 정리되어 있었다. 그 기준을 정확히 알 수는 없지만 어쨌든 들키지 않는 것이 목적이었기에 네하는 책을 꺼낸 위치를 기억하며 차례로 그것들을 살폈다.

맨 아래 칸에는 이제 단 하나의 책만 남아 있었다. 한눈에 봐도 오래되었다는 게 역력히 드러나는 책이었다. 책을 슬쩍 들어보니 무게도 상당해서 네하는 결국 키라의 도움을 받아야 했다. 그럼에도 책을 꺼내는 건 쉽지 않았다. 책 끝의 모서리를 거의 긁다시피 하고 난 뒤에야 무거운 책은 바깥으로 모습을 드러냈다.

"뭔 책이 이렇게 무거워. 돌덩이 같네."

낑낑거리며 책을 꺼낸 네하와 키라는 잠시 숨을 돌렸다.

"제일 구석에 있는 걸 보니 여기서 가장 오래된 건가 봐."

"우선 열어보자."

물이끼 같은 것이 잔뜩 끼어 있는 책은 겉면만 오래되어 보일 뿐 속은 비교적 멀쩡했다. 미끄덩거리는 책 표지를 몇 번 헤집으니 커다란 도감 같은 표면이 드러났다. 겉으로는 무슨 책인지 전혀 분간할 수 없었다.

책을 뒤집어가며 살펴보던 중 키라가 조심스럽게 먼저 입을 열었다.

"일종의 금서 같은 게 아닐까?"

키라의 말을 들자마자 네하의 머릿속에 떠오르는 것들이 있었다. 자세히 기억은 나지 않지만 아마도 갓 유영을 배우던 시절, 책장 한구석을 포함해 결코 건드리면 안 되는 집 안의 구역과 물건에 대해 배운 적이 있었다. 다른 물건들에 대한 제약은 차츰 풀렸지만 책장 한구석 어딘가는 그러지 못했다. 어쩌면 네하가 자동적으로 관심을 꺼버린 탓도 있을 테다.

"금서가 문제겠어, 지금?"

어차피 지금까지 했던 일들을 키라를 제외한 다른 발라비에게 들킨다면 징계를 피하지는 못할 것이다. 무언가 단단히 잘못되었다는 생각이 스멀스멀 마음 한곳을 잠식해왔지만, 한편으로는 두근거리는 마음을 주체할 수 없었다. 키라는 그런 네하의 기색을 알아챘다는 듯 짧은 한숨을 쉬고, 곧바로 두껍고 무거운 무게의 책 표지를 열었다.

오래된 책의 첫 장은 발라비가 사는 구역에서 멀지 않은 생물들에 대한 자세한 설명이었다. 키라가 이미 찾았던 것과 크게 다르지 않은 내용이었다. 다른 게 있다면 더 자세한 기록, 일종의 연구서 같은 느낌이라는 거였다. 해부도와 다름없는 그림들이 아주 세세하게 그려져 있었고 그 옆에 여러 필체들이 뒤섞여 있었다.

키라와 네하가 난생처음 보는 생물들도 많았다. 입을 헤벌리고 낱장을 넘기다 보니 유독 잘 넘겨지지 않는, 커다란 끈 같은 것으로 묶여 있는 장에 다다랐다. 키라는 잠시 고민하다가 뭉툭한 손톱을 최대한 세워 가까스로 두꺼운 챕터 중에 첫 번째 장을 넘겼다.

여러 낱장이 붙어 있는 챕터는 발라비들의 천적이자 심해의 위험 생물들에 대해 기록해둔 것이었다. 몇 페이지를 넘기자 발라비들이 극도로 싫어하는 칼라피의 거대한 체구가 드러났다. 네하와 키라는 동시에 눈을 찌푸렸다. 한눈에 봐도 혐오스러운 몸뚱이와 거대한 입을 가진 칼라피는 과거에 발라비들을 먹으며 생존했다고 알고 있다. 아주 오래전 발라비가 이곳에 자리를 잡기 전, 그러니까 선대의 선대의 까마득한 선조까지 타고 올라가 발라비가 지금의 형태가 아닐 때 칼라피를 피해 이곳에 당도했다고 배우기도 했다. 발라비의 천적이던 칼라피에 대해 이렇게 세세하게 기록한 것은 본 적이 없어 네하와 키라는 두 눈을 동그랗게 뜨고 오래도록 그 모습을 바라봤다.

칼라피의 습성과 생태 그리고 외형을 묘사한 챕터를 지나 또 다른 발라비의 천적인 대형 해파리를 살피다 책을 덮으려 할 즈음이었다. 키라는 다른 책을 보자며 이미 자리에서 일어나 두 번째 책장을 살피고 있었다. 대형 해파리 챕터의 몇 장 뒤, 커다랗게 접혀진 부분이 있었다. 네하는 반사적으로 그 페이지를 펼쳤다. 그곳에는 발라비와 거의 모든 부분이 닮은 생물이 있었다. 어쩌면 발라비를 잘못 그린 게 아닐까 싶을 정도로, 발라비의 등부터 다리까지 길게 이어진 지느러미가 없다는 것 빼고는 모든 게 너무도 똑같았다. 숨이 턱 막히는 기분이었다. 네하는 떨리는 손으로 다음 장을 열어 그 생물의 이름을 확인했다.

인간. 네하는 곧바로 눈에 들어온 그 단어를 눈으로 보고도 믿을 수 없었다.

"여, 여기 있어."

네하가 더듬거리는 말투로 말하자 키라는 들고 있던 책을 다급하게 쑤셔 넣고 곧바로 책 앞으로 얼굴을 들이밀었다. 키라는 믿을 수 없다는 듯 중얼거렸다.

"뭐야, 이게 인간이라고? 이건 발라비 아냐?"

길쭉하고 가느다란 머리털, 사방으로 뻗은 팔과 다리 그리고 가장 위에 달린 얼굴까지 전부 발라비와 같았다. 네하는 미친 듯이 뛰는 가슴을 겨우 진정하고, 인간을 묘사한 그림 바로 옆에 붙은 설명을 또박또박 읽었다.

"육지 종족, 발라비의 천적 중 하나, 해양생태계를 비롯해 가장 위험한 종족 중 하나, 연구 자료 부족……."

인간 챕터는 다른 생물들처럼 설명이나 묘사가 풍부하지 않았다. 하지만 얼마 안 되는 설명이 전부 발라비들의 금지구역이 설정된 이유가 인간 때문이라는 걸 이야기하고 있었다.

"누가 이걸 적은 건지 몰라도, 위험도는 가장 상위라고 말하고 있어. 그리고 여길 봐."

키라가 가리키는 곳에는 아주 커다랗게 위험 문구가 적혀 있었다.

"절대 접촉 금지."

네하는 넋이 나간 표정으로 키라의 손가락이 가리키는 문장을 되짚어 읽었다. 하지만 네하의 머릿속에 인간이라는 종족을 둘러싼 모든 위험한 단어와 금지된 문장들은 이미 스쳐 지나간 지 오래였다. 네하의 관심사는 오직 하나, 발라비와 너무도 똑같은 외모를 가지고 있는 인간의 모습 그 자체였다.

어쩌면 발라비와 인간은 먼 친척 관계가 아닐까? 그렇지 않고서야 이렇게 닮았을 리가 없다. 태초에 발라비가 인간이고 인간이 발라비였던 시간이 있지 않았을까. 뭍에서 사는 습성과 물에서 사는 습성이 각각 발달해 지금에 이른 것이 아닐까. 이토록 닮은 종족이 있었는데 왜 아무도 말하지 않았을까. 인간에게는 칼라피 같은 여러 겹으로 이어진 이빨도, 대형 해파리의 거대한 돌기와 흡입판도 없었다. 특별한 무기 하나 없는 인간을 장로들은 도대체 왜 그렇게 두려워하는 걸까.

두꺼운 책을 덮어 조심스럽게 책장으로 밀어 넣던 네하는 눈을 반짝이며 말했다.

"만나야겠어."

생각에 빠져 있는 네하 대신 책장 정리를 마치던 키라는 놀란 눈으로 네하를 돌아보며 물었다.

"만나다니 뭘? 설마 인간 말이야?"

한껏 인상을 찌푸린 키라는 네하 쪽으로 고개를 기울이며 대답을 다그쳤다.

"진심이야? 진심으로 하는 말이야, 너?"

인간에 대한 설명을 보자마자 눈을 빛내는 네하를 보며 키라는 마음 한구석에서 불편한 마음을 지울 수 없었다. 금서를 들여다보고 금지구역 근처를 탐험하는 것과 비교도 되지 않을 정도로 무언가 큰일이 일어날 것만 같은 느낌이 들었다. 다만 발라비의 천적이라는 설명을 보고도 정말로 네하가 인간을 만나러 가겠다는 이야기를 할 줄은 몰랐다.

하지만 네하의 표정은 확고했다. 키라는 저 표정을 너무도 잘 알고 있었다. 처음 금지구역 근처에서 발라비 마을 쪽으로 흘러오는 물건들을 들여다보던 때에도, 네하는 정확히 저런 표정을 짓고 있었다. 키라는 위험하다, 뭐가 있는지 알 수 없다는 말로 네하를 오랜 시간 설득했지만 결과적으로 네하의 굳은 의지를 깨뜨릴 수는 없었다. 어릴 때부터 네하는 한번 마음먹은 건 무조건 해야만 했다.

"너는 인간이 궁금하지 않아?"

돌연 차분해진 네하의 물음에 키라는 곧바로 답을 할 수 없었다. 궁금하고말고. 애초에 저렇게 닮은 종족이 이 세상에 또 있다는 사실에 대해, 궁금증을 느끼지 않을 발라비는 없을 것이다. 게다가 장로들은 오래도록 그 자체를 숨기고 있었다. 네하가 엿듣지 않았다면 그 정보에 대해 영원히 알 수 없었을 것이다. 하지만 탐사대 출신인 네하의 어머니가 다른 발라비들에게 닿지 않도록 정보 자체를 봉인한 데는 이유가 있을 것이다. 그건 장로들의 생각도 별반 다르지 않을 것이고.

하지만 가장 걸리는 건 '발라비의 천적'이라는 말이었다. 칼라피 같은 생물이야 바다를 유영하다가도 만날 수 있는 존재였지만 인간은 달랐다. 인간은 발라비가 사는 곳까지 내려올 수 없다고 했다. 그렇다는 건 발라비가 금지구역을 넘어 인간을 만나러 가지 않는다면 그 위험이 성립하지 않는다는 말이기도 했다.

금지구역을 탐험하는 일부터 바로 직전에 장로들의 이야기를 엿듣고 이상한 불빛을 퍼뜨리는 물건을 수집해 온 일까지 키라는 네하의 행동에 크게 반대하지 않았다. 이미 벌어진 일이니까. 키라가 어떻게 할 수 있는 게 아니었다.

하지만 이번만은 그냥 지나칠 수 없었다. 지금까지와는 다른 불안감이 키라를 감쌌다. 이번에야말로 정말로 무언가 잘못될 수 있다는 생각이 들었다. 네하의 빛나는 눈동자를 무시한 키라는, 훨씬 더 단호한 표정으로 네하를 똑바로 바라보며 말했다.

"절대 안 돼."

탐
사

반나절 후에 진행될 탐사를 앞두고 유진은 그 어느 때보다 더욱 분주했다. 유인 잠수정을 띄운 지는 벌써 몇 개월이 넘었으므로 총체적인 점검을 해야 했다. 대대적인 점검 자체는 어렵지 않았다. 가장 걸리는 건 역시 석주의 시선이었다. 잠수정을 띄워 일정 반경 이하를 탐사하겠다는 말을 꺼냈을 때 굳이 나서서 탐사를 돕겠다는 사람은 없었다. 어쨌거나 무인 탐사가 생활화된 시점에서 유인 잠수정을 운영하는 일은 위험과 제약이 따르기 때문이다. 유진은 석주가 탐사를 돕겠다고 나서면 어떻게 둘러댈지 며칠 내내 고민했다. 이번이 안 되면 다음, 다음이 안 되면 그다음으로 탐사를 미룰 수는 있지만 최대한 빨리 일을 진행하고 싶었다.

하지만 석주는 의외로 별다른 말을 보태지 않았다. 유진은 그런 석주의 의연한 태도에 적잖게 당황했다. 분명히 석주의 저의가 있을 거라고 생각했지만, 당장은 그런 것들에 신경 쓸 겨를이 없었다. 이번 탐사는 완벽해야 하기 때문이다.

탐사에 필요한 물품은 진작 챙겨둔 터였다. 누구에게도 특수 카메라와 개인 기록 장비를 들고 간다는 말은 하지 않았다. 유진은 잠수정까지 이어진 기지의 긴 복도를 걸으며 지금과 같은 날씨가 탐사가 끝나기까지 이어지기만을 바랐다.

잠수정 앞에 다다라 유진은 주변을 살폈다. 다른 연구원들은 모두 육지의 다른 기지로 지원을 나간 뒤였다. 유진이 없는 동안 지원 임무의 총괄은 석주가 맡을 예정이었으니 석주 또한 잠시 자리를 비운 상태였다. 기지 내의 사람들이 거의 없다시피한 지금 이 시점에 큰 사고가 생긴다면 유진은 영락없이 바다에 목숨을 두고 와야 할 것이다. 그런 생각을 하던 유진은 피식 코웃음을 쳤다. 사실 그 생각은 탐사 때마다 했던 것 아닌가. 바다를 좋아해 바다로 향한다는 건 언제나 목숨을 담보로 하는 일이었기에 연구원들은 늘 어느 정도 각오가 되어 있었다. 어릴 때부터 단 한순간도 만만하게 본 적 없는 게 바로 저 검은 바다였다.

잠수정에 탑승 후 유진은 익숙한 손놀림으로 꾸려온 짐을 펼쳤다. 외부에 보이지 않도록 검은 비닐로 덮고 단단히 묶어 둔 것들이었다. 유진은 가져올 수 있는 모든 장비를 가져왔다. 데이터로 저장되는 일회용 카메라와 기지에서 자주 쓰는 해양 카메라 그리고 유진이 가지고 있는 몇 가지 작은 액션 캠. 저마다 다른 모양을 가지고 있는 카메라들이 유진의 가방 안에서 쏟아져 나왔다. 유진은 카메라를 하나씩 열어 기지의 장치들과 동기화가 끊겨 있는지 미리 확인했다. 혹시 모르니 유진의 개인 클라우드도 일찌감치 오프라인으로 돌려두었다.

유진은 잠수정의 출입문을 닫고 조종실에 앉아 두어 번 심호흡했다. 모든 카메라는 정상적으로 작동하고 있었다. 잠수정의 전후면에 붙어 있는 CCTV는 탐사를 마치고 기지에 돌아가면 모두 삭제할 예정이었다. 만에 하나 그것들 사이에서 건질 게 있다면 복사와 백업 후 삭제하는 수고를 거쳐야 하지만 말이다.

날씨는 변동 없이 맑았다. 수면이 잔잔하다고 해서 바다 밑도 반드시 그러리라는 법은 없다. 하지만 우선 잠잠한 바다 위를 보는 것만으로 유진의 마음은 차분히 가라앉았다. 수없이 나가본 탐사인데 왜 이렇게 떨리는 걸까. 유진은 땀으로 젖은 손바닥을 여러 번 옷으로 훔쳐냈다.

잿빛 쓰레기의 막으로 덮인 수면 가운데 드문드문 뚫린 지점이 있었다. 잠수정이 잠수하기 전 시운전하며 뚫고 지나간 흔적이었다. 유진은 천천히 그 길을 따라 방향을 조정했다. 오랜만의 출정이라 모든 게 새로우면서 또 한편으로는 몹시 익숙했다. 잠수정 바깥에 굳은 유막과 쓰레기 스치는 소리가 이따금 들렸다. 무인 잠수정이 지나다니던 길을 그대로 따라가는 거라 막히는 구간은 딱히 없었다.

하늘과 바다가 잘 구분되지 않을 정도로 맑고 푸른 날들이 있었다. 수평선을 오래도록 바라보며 저 끝, 그 아래에 어떤 생물들이 숨 쉬고 있을까를 상상하던 때도 있었다. 수면과 가까운 곳에서 잠수하며 해초를 수집하던 때도, 작은 물고기들이 무리 지어 모였다 사라지는 걸 입을 헤벌리며 감상하던 때도 있었다. 유진의 머릿속에 분명히 존재하는 그 기억들은 이제 잿빛 연막으로 가득한 하늘과 원래의 색을 알 수 없을 정도로 혼탁해진 검은 바다로 덮여 있었다. 파견 임무를 완수한다고 해도 그런 날은 다시 돌아오지 않을 거라는 걸 유진은 잘 알고 있었다. 모든 인류에게 이제 파란 하늘과 푸른 바다를 보는 일은 허락되지 않을 것이다.

육지의 쓰레기가 포화 상태가 되어 바다로 고스란히 흘러내려갈 때부터 유진은 '망했다'는 표현을 자주 썼다. 유진이 자주 바라보던 바다는 어느 해양이고 할 것 없이 혼탁한 색으로 변했고, 그렇게 한번 색을 잃은 바다는 다시 돌아오지 않는다는 걸 유진은 그 누구보다 잘 알고 있었다.

"어차피 모든 게 다 똑같아."

전 세계적으로 기근 사태가 발발하고 며칠 후부터 동료 연구원들은 육지나 바다나 같다는 말을 반복했다. 물론 유진은 지금까지도 그 말에 동의할 수 없었다. 온 세상이 정말로 망하기는 했지만, 유일하게 희망을 기댈 곳이 있었으니까. 그 때문에 유진은 지금까지 심해를 연구하는지도 몰랐다. 사람들 모두 자원의 마지막 보루로 생각하는 곳이었지만, 유진에게는 자원의 유무보다 마지막 드림랜드나 다름없었다. 유진의 꿈이 시작되고 유진의 꿈이 마무리될 유일한 곳이 바로 저 바닷속이니까.

그리고 인간의 손길이 닿지 않은 심해 어딘가에, 분명히 전혀 알지 못했던 새로운 생물군이 존재할 게 분명했다. 유진은 며칠 전 봤던 투명한 형상의 무언가를 떠올리며, 조종 칸을 천천히 우측으로 돌렸다.

잠수정의 끄트머리가 완전히 수면 아래로 들어가자 유진은 다시 한번 심호흡했다. 머리 위로 아주 옅게 햇빛이 들어오고 있었다. 이 정도면 꽤 맑은 편이었다. 혹시 사고가 생겨 잠수정을 버려야 할지라도 빛을 따라 올라올 수 있을 정도는 되었다.

유진은 잠시 멈춰 잠수정의 전후방 카메라와 조종실을 포함한 잠수정 내부를 꼼꼼히 살폈다. 혹시 있을지 모르는 틈을 찾기 위해서였다. 이대로 몇 분 정도 더 머물렀다가 내려가는 편이 안전에 좋았다.

한 번에 무리해서 내려가지 않을 것. 그게 이번 탐사의 최우선 규칙이었다. 유진은 며칠 동안 최근 몇 개월간의 해류 데이터를 모두 다운받아 살폈다. 바다가 지금 같지 않을 때는 시야도 넓고 확보할 수 있는 공간도 무제한이었기에 무인 잠수정이든 유인 잠수정이든 멀고 길게 내려갈 수 있었다. 물론 그건 이제 옛일이고, 최근 몇 년 사이에 수심 약 1,000미터 이상을 돌파한 잠수정은 없었다. 바다 생태가 변함에 따라 인간이 도달할 수 있는 수심에 제약이 생긴 후, 탐사 팀들은 많은 시간을 걸쳐 잠수정을 보완하고 수정해야 했다.

오차 범위를 감안하면 측정 지점은 계측기가 알려온 것처럼 1,550미터에서 길게는 1,650미터 정도였다. 물론 유진은 계측 지점까지 억지로 밀고 내려갈 생각은 없었다. 유진이 타깃 지점으로 잡은 건 박광층이 거의 끝나는 지점인 800에서 900미터 부근이었다. 계측 지점의 절반밖에 안 되지만 우선 거기까지 먼저 도달해 상황을 살펴보는 게 1차 목표였다.

측정기가 포착한 생물이 일정 수심 아래에서만 생존할 수 있는 완전한 심해 생물군이라면 이번 탐사는 당연히 실패로 끝날 게 분명했다. 하지만 유진은 만에 하나 있을 변수에 초점을 맞췄다. 만일 그 투명한 개체가 어스름하게 빛이 비치는 곳까지 올라올 수 있는 존재라면? 너무도 터무니없는 생각이지만 정말로 인어라는 것이 존재해 바닷속을 자유자재로 유영할 수 있다면? 단지 표해수층이 더럽고 살 만한 곳이 아니기에 이곳까지 올라오지 못하는 것일 수도 있다. 그 많은 질문들이 꼬리에 꼬리를 물어 지금 탐사에 나선 유진의 자리를 만든 것이기도 하다.

육지의 잡음이 완전히 제거된 바닷속에서 유진은 가까스로 해방되는 느낌이 들었다. 종일 한마디도 하지 않아 입안이 쩍 들러붙는 느낌이 들어 두세 번 얼굴 근육 여기저기를 움직이고, 이가 욱신거릴 정도로 단맛이 느껴지는 사탕을 두 알 까먹었다.

유진이 좋아하는 바다의 고요가 사방에 깔려 있었다. 쓰레기로 뒤덮인 바다의 표면은 검고 잿빛의 혼탁수로 가득하지만, 그 아래는 유진이 평생을 사랑해온 바다의 모습 그대로 남아 있었다. 새삼스러울 것이 없는 풍경임에도 유진은 늘 이 온전함에 감사했다. 바다의 생태는 엉망이 된 지 오래일지언정 그 아래서 부단히 노력하는 생물들이 분명히 있다. 그들 덕분에 바다가 가진 고유의 색이 아직까지는 아슬하게 유지되고 있었다.

유진의 잠수정은 조금씩 깊이 가라앉았다. 육지에서 내려온 무거운 쓰레기들이 바다 곳곳에 박혀 있었다. 개중에는 아주 천천히 아래로 내려가는 것들이 있기는 했으나 수압을 적당히 버티며 진열되듯 널브러져 있는 것이 대부분이었다. 유진은 움직이는 생물이라고는 전무한 바닷속을 길게 훑었다.

잠수정이 목적 지점으로 완전히 방향을 틀자 유진은 잠수정의 시스템을 자동으로 조정했다. 그러자 잠수정은 웅웅대는 소리를 옅게 내며 조용히 항해하듯 일정한 속도로 움직이기 시작했다. 유진은 자리에서 엉거주춤 일어나 전면부에 배치된 탐사 레이더의 측정 밀도를 올렸다. 무언가 움직이는 게 있다면 바로 이 레이더에 잡혀 유진에게 보고될 것이다. 물론 그런 기대를 하지 않는 편이 더 좋다는 건 유진이 가장 잘 알고 있었다.

선내의 온도가 약간 내려가자 유진은 허리에 받치고 있던 외투와 목도리를 꺼냈다. 우선 돌돌 말아둔 목도리를 꺼내 목에 촘촘하게 둘렀다. 추위에 대비할 옷가지를 깜박했다는 사실을 몇 분 전에 깨달았지만 그것 때문에 다시 돌아갈 수는 없었다. 심해 탐사를 할 것도 아니고, 그저 박광층의 끄트머리 정도만 다녀올 예정이라 괜찮을 것 같았다. 한겨울의 바다가 아닌 게 다행이었다.

아주 조금씩 목적 지점을 향하는 잠수정의 화면부를 바라보며, 유진은 몇 번 더 자신의 계산이 맞는지를 재차 확인했다. 측정기가 계측된 지점으로부터 약한 포물선이 그려지는 모든 지점을 답사할 예정이었다. 물론 이 계산도 오차는 분명히 존재하기에 그 점도 감안해서 타깃 지점을 잡았다. 터닝 포인트에 다다르면 십여 분 정도 체류한 후 다시 궤도를 살짝 수정해 복귀할 것이다. 각 지점에 도달할 때마다 기록하는 것을 잊지 않기 위해, 유진은 품속에 가지고 있던 작은 녹음기와 수첩 그리고 한쪽에 가지런히 세워둔 카메라들을 작동했다.

오랜만에 바닷속에 있으려니 온갖 상상의 나래가 머릿속에서 팡팡 펼쳐졌다. 하지만 유진은 애써 무시하고 자신이 목표한 것에 온 신경을 집중했다. 분실된 측정기의 자동 계측 지점들, 분실 이후 계측된 지점의 방향, 거기서부터 직선으로 기이한 이동이 일어나 마지막으로 계측된 직선 이동 지점들. 수없이 들여다보고 익혔던 좌표를 다시금 곱씹었다.

기온은 조금씩 내려가고 있었다. 유진의 잠수정은 빛을 등진 채 점점 잠수해 미끄러졌다. 일정 고도 밑으로 잠수정이 다다르자 유진은 자동으로 운행하던 시스템을 종료하고 모든 조작을 수동으로 바꿨다. 잠수정 조작부 전면의 작은 화면에는 이미 목적지에 근접했다는 메시지가 떠 있었다. 눈으로 식별할 수 있는 거리는 당연히 아니었다. 하지만 유진은 감으로 알 수 있었다. 이제 정말로 목적 지점까지 얼마 남지 않았다.

잠수정 조정을 자동에서 수동으로 바꾼 건 혹시 모를 사고에 대비하기 위함이었다. 최근 훨씬 아래 혹은 멀리 내보냈던 무인 잠수정들이 갑작스러운 해류의 변화와 돌풍에 밀려 복귀에 많은 시간을 들였기 때문이다. 수치로 계산된 지점들을 정확히 밟아가며 돌아오도록 설계된 탓에 임기응변이 한없이 더디고 불편했다. 그리고 바다의 갑작스러운 변화에 대응하는 건 유진의 특기이기도 했다. 오랜만의 조작이 다소 어색했지만, 잠수정이 점점 아래로 향할수록 유진은 머릿속이 맑아지는 느낌이 들었다.

천천히 잠항하던 잠수정 내에서 설정한 목적지에 다다랐음을 알리는 가벼운 알림음이 두 번 반복해서 들렸다. 세 번째 알림음이 들리자마자 유진은 잡고 있던 조작대에서 손을 떼 육지 위로 경로를 수정했다. 그리고 바로 스톱워치를 켰다. 이곳에 잠시 멈춰 상황을 살필 시간은 십 분에서 십오 분 정도면 되겠지. 아니, 그거보다 조금만 더 오버해볼까. 유진은 스톱워치의 시간을 십육 분 삼십 초로 설정한 후, 자리에서 일어나 잠수정 전후면부의 카메라를 먼저 살폈다.

도착 지점은 출정을 시작하며 목표했던 지점보다 약 2미터 정도 더 밑이었다. 몇 미터의 오차 정도는 사실 그리 중요하지 않았기에 크게 신경 쓰이지는 않았다. 대신 이보다 더 아래로 내려가지 않도록 주의를 기울여야 했다. 유진은 고개를 기울여 잠수정 아래쪽 멀리를 살폈다. 빛이 아예 없는 곳. 그곳으로 측정기가 떨어졌을 것이다. 그렇게 몇백 미터를 더 내려가다가 찍은 이미지가 바로 유진을 여기까지 이끈 그것일 터였다.

이 지점부터는 빛에 의존해 무언가를 관찰하는 데 큰 제약이 따른다. 잠수정 내부에서 빛을 쏘아 탐색하는 것도 한계가 있지만, 직접 잠수 수트를 입고 산소통을 둘러멘 후 밖으로 나가는 것보다야 나은 선택이었다. 정확히 밝혀지지 않은 대상 때문에 그런 위험을 무릅쓸 수는 없기에 당연히 수트 또한 가지고 오지 않았다. 유진은 잠수정 전면에 어류의 눈을 본떠 만든 LED 라이트를 제외한 모든 조명의 스위치를 아래로 내렸다. 순식간에 잠수정 내부가 어두워졌지만 오히려 이편이 집중하기 편했다.

유진은 호흡을 가다듬고 천천히 사방을 살폈다. 수심 900미터 부근. 이곳에서 예기치 못한 충돌이 생겨 잠수정에 흠집이 나거나 고장이 난다면 영락없이 죽음을 맞이해야 할지도 모른다. 다만 학계에 보고된 적 없는 불특정 대상이라도, 해류 속에서 비정상적인 속도로 빠르게 움직이지는 못할 것이 분명했다. 그러니 중요한 건 잠수정 근처를 살피는 것보다 몇 미터 너머, 눈으로 분간할 수 있을 거리를 지속적으로 신경 쓰는 거였다.

유진은 자신이 선 자리에서 왼쪽부터 시작해 시계 방향으로 전후면부를 천천히 관찰하고 또 관찰했다. 드문드문 위에서부터 보았던 육지의 쓰레기들이 무중력 상태라도 되는 듯 바다에서 멈춰 있는 게 보였지만 특별한 건 없었다. 육지가 이렇게 되기 전까지 바다는 최후의 보루라며 바다로 밀려나는 쓰레기를 주기적으로 건져 올리는 사람들이 있었다. 물론 그것도 그리 오래가지는 않았다.

그때나 지금이나 변하지 않은 건 이 바닷속에 무언가 희망이 있으리라 믿는 인간들의 욕망이었다. 그리고 그건 결국 유진의 욕심이기도 했다. 약간의 무리를 해서라도 학계에 보고되지 않은 무언가를 찾고자 여기까지 내려오게 만든 최고의 동력. 수없이 시뮬레이션을 돌리고 이론적으로 빠삭하게 연구를 마쳐도 직접 두 눈으로 확인하는 것만큼 정확한 건 없다는 게 유진의 지론이었다.

하지만 기대에 비해 바다는 야속할 정도로 너무 고요했다. 바람 한 점 없는 무풍의 하늘을 보는 것만 같았다. 몇 주 전 수심 200미터에서 500미터까지 생존확률 60퍼센트 정도로 보고되었던 물메기 같은 해양생물은 꼬리 끝도 보이지 않았다. 500미터 이상의 수심에만 생존하는 작은 새우 무리를 혹시 만나지 않을까 하는 기대도 어느 정도 하고 있었지만 유진의 시야에 잡히는 건 거대하고 어두운 미동 없는 물결이 전부였다.

"그래, 기대를 말았어야지."

유진이 몰아쉰 숨을 길게 내뱉으며 혼자 중얼거렸다. 무인 잠수정 출정을 비롯해 지금까지 진행했던 수많은 탐험에서 이미 교훈을 얻었지 않은가. 하지만 인간의 감정은 그렇게 기계처럼 껐다 켰다 할 수 있는 게 아니었다. 특정 수심에 머물 수 있는 최대한을 머물러도 몇 년째 성과가 없는데, 고작 몇 시간 만에 원하는 걸 얻겠다니 참 이기적이라는 생각이 유진의 머릿속을 울렸다.

유진은 차분한 표정으로 다시 시계 방향으로 바다를 살피기 시작했다. 그래, 우선 되는 데까지 해봐야지 어쩌겠어. 오늘 출정이 부족했다면 어렵더라도 다시 내려오면 된다. 하지만 그와 동시에 올라오는 부정적인 감정과 생각 또한 쉽사리 지울 수 없었다. 혹시 헛수고하는 거라면? 측정기가 남긴 사진이 기계적 오류에 의한 잔상에 불과하다면? 이런 생각을 아예 하지 않은 건 아니지만 막상 눈앞의 현실이 될 수도 있다 생각하니 등 뒤에서 식은땀이 흘렀다. 정말로 이 광활한 바다의 생물들은 인간의 손이 닿는 곳에서 최대한 벗어나거나 혹은 전부 멸종해버린 게 아닐까.

그 순간 조작대 위에 놓아둔 스톱워치가 짧게 울렸다. 벌써 시간이 이만큼이나 지났다. 더 머물 수도 있지만 그래봤자 건질 건 없을 것 같았다. 다른 탐사였다면 이런 때 가차 없이 바로 복귀하라 이야기하겠지만 그게 자신의 일이 되니 유진은 어쩐지 망설여졌다. 하나하나 꼼꼼히 살피며 가져온 온갖 사진기와 영상 장치들은 제대로 써보지도 못했다. 그뿐인가. 가져온 일지를 열어 볼 만한 현상도 관측되지 않았다.

이제는 정말로 돌아갈 시간이었다. 유진은 마른 입술을 두어 번 훑고 자동 조작 버튼을 눌렀다. 잠수함이 회항하는 동안에도 최대한 오래 바다를 살피기 위함이었다.

멈춰 있던 잠수함이 조금씩 재가동을 시작했다. 아주 천천히 위쪽으로 향하는 잠수정의 움직임을 느끼며, 유진은 아래쪽에 시선을 고정했다. 이번에 돌아가면 몇 주 뒤에나 출정할 수 있지 않을까. 원하는 지점을 여러 번 탐사할 수 있는 조건이 주어지지 않기에, 다시 이쪽으로 오기 위해서는 그럴싸한 이유를 만들어내야 한다. 아주 작은 실마리라도 발견해서 지속적인 탐험과 연구를 위한 발판으로 삼기를 바랐지만 이번 탐사는 아무런 소득이 없었다. 측정기를 의도적으로 분리해 다시 떨어뜨려볼까도 생각했지만……. 그건 역시 너무 무모한 짓이다.

유진은 내부의 불을 다시 밝혔다. 왼쪽부터 차례대로 첫 번째, 두 번째, 그다음으로 이어지는 다섯 개의 스위치를 차례로 움직인 유진은 고개를 들어 무심결에 잠수정 후면부를 바라봤다.

"어?"

그리고 후면부 화면에 잡힌 무언가를 보고 유진은 심장이 덜컥 내려앉았다. 분명 그건 잠수정이 움직이는 속도와 방향을 좇아 점점 접근하고 있었다. 마치 잠수정 뒤에 숨어 있는 듯이 말이다. 해파리라도 걸린 걸까. 아니야, 저건 조금 다른 외양이다. 그렇다면 혹시 저건…….

유진은 즉각적으로 운행 정지 버튼을 누르고 자세를 틀었다. 그러자 그 무언가의 이동도 멈췄다. 육안으로 겨우 식별될 정도였지만 유진은 분명 그게 자유의지로 움직이고 있다는 걸 직감할 수 있었다.

잠수정 내에서 갑작스러운 정지로 인한 경고음이 길게 울렸다. 유진은 아랑곳하지 않고 조용히 바닥에 내려둔 카메라 중 하나를 들어 올렸다. 그리고 잠수정에 바짝 다가선 무언가를 향해 포커스를 맞췄다. 숨이 턱 하고 막히는 기분을 애써 가라앉히며, 유진은 조심스럽게 카메라 뷰파인더로 시선을 옮겼다.

이쪽을 올려다보고 있는 그것과 눈이 마주치자 유진은 기절해버릴 것만 같았다.

첫 번째 만남

모든 발라비가 잠에 든 시각, 네하는 미리 열어둔 창을 통해 집 밖으로 빠져나왔다. 광장 근처의 작은 해구에서 찬 해류가 갑작스레 유입되는 바람에 일시적으로 발라비들의 생산 활동이 멈춘 상태였다. 자주 있는 일은 아니었지만 아예 처음인 것도 아니었기에, 대부분의 발라비들은 동요하지 않고 숙면을 택했다. 활동할 수 없다면 수면을 취해 에너지를 비축해두는 건 발라비들의 오랜 행태 중 하나였다.

네하에게는 때마침 찾아온 차가운 해류의 이동이 완벽한 기회였다. 흔치 않은 기회를 이용하기 위해 속전속결로 채비를 꾸렸다. 평소와 같이 금지구역의 탐험에 키라라는 방패를 사용할 수 없어 조금 저어되기는 했지만, 어차피 키라는 어떤 이

유를 대더라도 허락하지 않을 게 분명했다. 키라의 낯설고 단호한 표정을 떠올리며 네하는 여러 번 심호흡했다. 가능하면 빨리, 키라를 포함한 그 누구도 모르게 일을 마치는 것이 이번 탐험의 목표였다.

키라와 함께 책장을 뒤진 일은 다행스럽게도 들키지 않았다. 하지만 발라비와 꼭 닮은 존재, 그 존재가 머릿속에 좀처럼 쉽게 떠나지 않았다. 책에서 본 그게 무어냐고 엄마와 다른 탐사대원들에게 슬며시 물어보고 싶은 욕구를 매번 강하게 눌러야 했다. 그림일 뿐이라고, 그냥 허구의 기록일 수도 있다고 키라는 여러 번 네하를 타일렀다. 네하는 키라의 잔소리와 걱정이 두려워 매번 수긍하는 척했지만 키라 몰래 인간에 대한 상상을 키워왔다. 그 책은 선대 혹은 그보다 오래전 탐험형 발라비들이 만든 기록임이 분명했다. 키라 말대로 무언가를 옮겨 적고 그린 관찰물에 불과했지만 지금까지 모든 발라비가 그 기록을 토대로 생활 방식과 역사를 배워오지 않았나. 그렇기에 그 기록의 정확도로 논쟁을 벌이는 건 불필요한 일이었다. 탐사대의 기록은 발라비들에게는 절대적인 교과서나 다름없었으니까.

"발라비의 천적 중 하나라잖아. 그 말은 곧 근처에 다가가기만 해도 죽는다, 그런 뜻인 걸 너도 알고 있잖아?"

키라는 인간에 대한 기록은 온통 부정적이라는 점을 계속해서 강조했다. 네하 역시 고개를 끄덕거리며 키라의 주의를 부정하지는 않았다. 다만 키라의 말을 한 귀로 듣고 흘리며 그 밖의 상상에 몰두했을 뿐이다.

네하는 이후 며칠 동안 틈틈이 책장을 뒤지며 인간에 대한 묘사가 더 있는지 살폈다. 물론 키라에게는 이야기하지 않은 채로 말이다. 인간에 대해 정확히 묘사한 기록은 키라와 함께 본 그 두꺼운 책 외에는 없었지만, 유의미한 발견이 몇 개 더 존재했다. 하나같이 인간에 대한 경계심과 인간을 부정적으로 묘사한 것이었으나 오히려 그런 점들이 더욱 네하의 흥미를 돋웠다.

'정말로 그렇게 무시무시한 종족일까? 우리와 이토록 닮은 인간이라는 생물이?'

네하는 아지트 여기저기를 돌아다니며 그동안 모아둔 물건들을 하나하나 어루만졌다. 네하가 최초로 수집한 건 매끄럽고 단단한 재질로 만들어진 기다란 끈이었다. 하루하고도 반나절 동안 그 자리에 그대로 머물러 있던 이 끈이 이동하는 경로를 따라 네하는 유영했고 그렇게 도달하게 된 곳이 금지구역이었다. 금지구역의 정중앙에서 난생처음 바라봤던 희미하고 옅은 빛을 보던 날을 떠올렸다. 그때 느낀 황홀감은 다른 어떤 것으로도 충족되지 않았다.

　가장 걸리는 건 역시 인간의 생김새였다. 그림으로 묘사된 인간의 모습은 발라비와 너무 닮아 있었다. 아마 그 모습을 보고 놀라지 않을 발라비는 없을 것이다. 세상에 그렇게 닮은 존재가 있다는 걸 네하와 키라를 제외한, 아니 몇 장로나 탐사대원들을 제외한 모든 발라비가 모른 채 살아왔다는 게 이해가 되지 않았다. 발라비들 사이에서 공유되지 않는 지식은 없다고 생각해왔지만 그게 아니라는 사실을 직접 밝혀내지 않았는가.

　게다가 인간의 모습은 특별히 위협될 만한 요소가 없어 보였다. 발라비를 위협하는 날카로운 이빨도 없고, 발라비를 겁먹게 만드는 압도적인 체구를 가진 대상도 아니었다. 다양한 무기를 가지고 있다 묘사되었지만 그 무기라는 건 도구의 일부일 뿐 그들이 가지고 태어난 것처럼 보이지는 않았다. 발라비들이 사는 곳에 인간은 도달할 수 없다고 하지만, 인간과 발라비가 애초에 어떻게 만났기에 인간을 발라비의 천적이라고 묘사하는지도 이해가 되지 않았다. 결과적으로 그 기록은 네하에게 궁금증과 풀리지 않는 의문만 더해준 셈이었다.

　네하는 조용히 마을을 빠져나오며 좌우 그리고 앞뒤를 꼼꼼히 살폈다. 발라비 마을은 원래부터 아무도 없었던 듯 아주 고요했다. 키라도 분명 자고 있을 터였다. 네하는 멀리서 항상 주변을 살펴주고 옅은 빛을 밝혀 주의를 주던 키라의 모습을 떠올렸다. 금지구역으로 혼자 향하는 건 이번이 처음이었다. 하지만 도무지 키라를 설득할 자신은 없었다. 한 번도 본 적 없는 단호한 모습으로 안 된다고 말했기에 네하는 더 이상 키라를 조르지 않았다.

'적어도 가지 않겠다는 말은 하지 않았어.'

네하는 그런 생각을 하며 금지구역으로 천천히 이동했다. 오늘의 목표는 당연히 금지구역이 아니었다. 금지구역 너머, 아직 네하가 단 한 번도 가본 적 없는 빛무리의 정중앙이었다. 멀리서 바라만 보던 그 빛을 온몸으로 받을 수 있는 곳으로 가볼 예정이었다. 위험하다는 건 알고 있었지만 계속해서 머릿속을 잠식하는 궁금증을 떨쳐낼 방도가 없었다.

키라가 함께하지 않았기에 더욱 신중해야 했다. 네하는 등 뒤를 계속 의식하며 그 어느 때보다 빠른 속도로 금지구역으로 향했다.

네하는 인간에 대해 아는 지식이 전무했고 인간을 만날 수 있을지 어떨지는 복불복이었다. 아니, 사실 인간을 마주할 수 있는 확률은 거의 희박하다고 봐도 무방할 터였다. 인간이 어떤 방식으로 유영을 하고 또 바닷속을 거닐 수 있을지 전혀 몰랐기 때문이다.

네하는 어스름한 빛이 내려오는 익숙한 구간을 지나 더 밝은 쪽으로 몸을 틀었다. 물속에 궤적을 남기지 않기 위해 곡선을 그리며 최대한 빠르게 움직였다. 금지구역 아래에 드문드문 보이던 생물들은 홀연히 자취를 감췄고 주변에는 아무것도 보이지 않았다. 맑고 짙은 바다의 모습이 혼탁하고 희석된 뿌연 색으로 뒤바뀌는 순간, 네하의 머리 위로 둥그렇게 빛줄기가 비치기 시작했고 잿빛 물살 사이로 무언가가 움직이는 걸 발견했다. 딱 봐도 네하의 두 배 정도는 될 것 같은 크기의 동그랗고 커다란 물체였다.

네하는 본능적으로 꼿꼿하게 편 몸을 최대한 움츠린 채 아주 천천히 움직이는 물체를 향해 다가갔다. 몸 전체가 매끄러운 재질로 구성된 듯 반짝였다. 그 동그란 것이 잠시 정지한 틈을 타 네하는 조금씩 더 거리를 좁혔다. 우선 동그란 이 생물에 자신을 해칠 만한 것이 있는지를 살폈다. 날카로운 이빨이나 발톱, 혹은 독이나 먹물 같은 걸 내뿜을 분사구가 있는지도 꼼꼼히 살폈다. 하지만 그런 건 없어 보였다. 이 생물은 그저 한자리에 가만히 멈춰 있었다. 수중에 돌아다니는 거대한 돌 같은 걸까? 아니면 발라비가 사는 곳 근처에서는 볼 수 없는 특이한 생물 같은 걸까?

커다랗고 동그란 그것에 집중하느라, 네하는 자신이 금지 구역을 한참 넘어 올라왔다는 사실 또한 잊고 있었다. 퍼뜩 정신을 차린 네하는 난생처음 느껴보는 빛의 양에 당황했다. 멀리서 바라만 보던 빛 한가운데로 들어왔다는 생각에 두려움을 느끼면서도, 세차게 두근거리는 마음을 주체할 수 없었다.

더 가까이 가볼까? 아니면 여기서 일단 지켜봐야 할까? 네하가 관찰하던 생물은 계속 그 자리에서 가만히 멈춘 채 움직일 기미를 보이지 않았다. 조금만, 아주 조금만 더 가까이 가보자. 네하는 정지되어 있는 유진의 잠수정을 향해 일정한 궤도를 그리며 천천히 접근했다.

그리고 잠수정은 곧 방향을 틀어 정확히 네하가 있는 쪽을 바라봤다. 카메라의 뷰파인더로 네하를 바라보던 유진은 덜덜 떨리는 손을 진정하며 멈춘 잠수정에 가속을 붙여 순간적으로 급선회했다. 그 바람에 들고 있던 카메라는 바닥으로 떨어졌고 선체 내에서 강한 경고음이 울렸지만 유진은 아랑곳하지 않고 정면을 응시했다.

'인간이다.'

유진과 네하의 눈이 동시에 마주쳤다. 네하는 '인간'이라는 단어밖에 떠올릴 수 없었다. 잠수정 유리 너머로 보이는 놀란 표정의 생물은 책에서 본 그림의 묘사와 너무도 닮아 있었다.

아니, 저걸 단순히 '닮았다'고만 말할 수 없었다. 인간. 저것이 인간이구나. 정말로 발라비와 같은 모습으로 생긴 저것이 바로 인간이라는 존재구나.

분실된 측정기가 촬영한 영상이 기계적 오류에 의한 잔상이 아니었음을 확인한 유진은 자신과 눈을 맞추고 있는 네하에게서 시선을 떼지 못한 채 손으로 근처에 있는 녹음기를 찾았다. 이쪽을 바라보고 있는 네하와 눈을 맞춘 유진은 녹음기의 녹음 버튼을 누르고 지금 상황을 재빨리 기록했다.

"수, 수심 902미터 지점, 인간과 닮은 생명체 확인. 전신은 반투명의 재질로 이루어져 있으며 인간과 80퍼센트 이상 흡사한 모양. 커다란 지느러미가 등과 다리 쪽에 달려 있다. 그리고……."

유진은 더듬더듬 말을 잇다가 잠시 생각에 빠졌다. 자신과 눈을 맞추고 있는 저 생물과 혹시 소통이 가능할까 궁금해졌다. 어떤 방식으로 사물을 보고 판단하며, 얼마만큼의 지능을 가지고 있는지 또한 궁금했다. 인간과의 소통은 당연히 할 수 없을 터였다. 다른 해양생물처럼 초음파로 소통할 확률이 아마도 제일 높겠지. 기지 깊숙이 보관되어 있는 고래들의 대화 소리, 그 고래들의 대화를 따라하며 녹음했던 몇 가지 음파가 돌연 유진의 기억을 스치고 지나갔다. 그거라도 있었다면 무언가 시도해볼 수 있을까.

네하는 자신을 바라보고 있는 유진을 자세히 그리고 조용히 관찰했다. 무언가를 꺼내 입을 열고 또 이쪽을 향해 포즈를 취하는 유진을 바라봤다. 손에 들고 있는 저것이 무기라는 건가. 인간이 바로 이 동그란 물체 안에서 튀어나와 공격을 감행하는 걸까. 하지만 그렇게 몇 분 정도 눈을 마주한 인간은 이쪽에 위협을 가할 생각은 없어 보였다.

네하는 여전히 자신을 바라보고 있는 인간의 주변을 천천히 관찰했다. 인간이 앉아 있는 곳은 완전히 밀폐되어 바닷물이 들어가지 않는 것 같았다. 인간은 물속에서 생활할 수 없고 발라비들이 살고 있는 곳까지 도달하지 못한다고 하던데, 그렇다면 인간을 태운 이 거대한 물체는 어떤 특수한 재질로 되어 있기에 여기까지 도달할 수 있는 걸까. 네하는 유진과 맞추던 시선을 곧 거두고 유진의 잠수정을 둘러보기 위해 아주 천천히 아래로 이동했다.

유진은 자신을 바라보던 네하가 움직이는 방향을 향해 길게 몸을 뻗었다. 네하가 몸을 움직이자 네하의 등에 길게 붙어 있는 커다란 지느러미가 더 확실히 눈에 들어왔다. 유진은 바닥에 떨어진 카메라를 다시 들어 네하를 천천히 카메라에 담았다. 어떤 방식으로 생존했는지, 왜 인간과 똑같은 모습을 하고 있는지 수많은 궁금증이 쏟아질 듯 몰려왔지만 당장 풀 수 있는 문제는 하나도 없었다. 우선은 기록이 먼저였기에 유진은 잠수정 아래로 사라졌다가 자리를 여러 번 바꿔가며 이쪽을 살피는 네하를 최대한 담기 위해 노력했다.

잠수정 아래를 살피던 네하는 자신이 집에 들고 갔던 이상한 조각과 똑같이 생긴 것이 여기에도 달려 있는 걸 확인하고 깜짝 놀랐다. 역시 예상대로 인간의 물건, 어떤 용도가 있는 물건이 맞았다. 네하는 잠수정 아래쪽에 배치된 측정기 세 개를 연달아 바라보다가 그중 하나에 손을 가만히 올려봤다.

유진은 잠수정 하단부 여기저기 손을 뻗어 관찰하는 네하의 모습을 후면 카메라로 바라봤다. 특히 측정기에 관심을 가지는 네하의 행동을 보며 유진은 자리에서 일어나 잠수정 구석에 여러 가지 탐사 장비를 쌓아둔 곳을 다급하게 뒤졌다. 저 생물이 관심을 가지고 있는 건 측정기였다. 바다에 떨어져 이상 신호를 보냈던 그 측정기를 가져간 무언가가 바로 저 생물이 맞다면, 저 생물이 그 상황을 모두 이해하고 기억하고 있다면 언어가 통할 리가 없는 이 상황에서 저 측정기가 유일한 소통의 단서가 될 수도 있었다.

고작해야 심해 해파리의 일종 혹은 빛과 천적을 피해 아주 낮은 곳에서도 생존할 수 있게 변형된 물고기의 일종일 거라고 생각했다. 그렇기에 이런 일에 대한 준비를 당연히 해 오지 않았다. 하물며 측정기에 관심을 가지는 생물이라니. 사람과 비슷하게 생긴 손과 손가락으로 측정기를 쓰다듬으며 오래 살피는 생물이라니. 매 순간 새로운 형태를 보이는 네하를 기록하며 유진은 반복되는 희열에 중독될 것만 같았다. 이런 기분은 처음으로 잠수 수트를 입고 탐사를 나갔을 때도, 처음 잠수정에 탑승해 심해 탐사를 나갔을 때도 느껴본 적이 없었다.

잠수정 밑에서 찾은 측정기 위에 지그시 손을 올려놓고 있던 네하는 이 물건을 통해 인간과 교류해볼 수 있을 거라 확신했다. 이 네모난 조각은 분명 용도가 있을 거고 여기서 떨어진 게 확실하다면 자신이 이걸 가지고 있다는 사실을 어떻게든 알리고 싶었다. 그래서 선택한 건 조각을 들어 인간 앞에서 바로 보여주는 것이었다. 다소 무모할 수 있지만 네하가 선택할 수 있는 방법이 이것밖에는 없었다.

잠수정 밖에서 난 쾅 소리에 유진은 기절할 뻔했다. 유진이 노력하는 것처럼, 저쪽에서도 이쪽에 신호를 보내기 위해 부단히 노력하는 것 같았다.

"어떻게 뗀 거지?"

유진의 입에서 반사적으로 말이 튀어나왔다. 네하는 입을 뻐끔거리는 유진을 가만히 바라봤다. 왜 저러는 거지. 아무런

첫 번째 만남 115

소리도 들리지 않지만 손짓발짓을 하는 유진이 네하는 몹시 신기했다. 혹시 인간도 무언가를 전달하기 위해 나와 같은 행동을 하고 있는 걸까.

네하는 손에 든 측정기로 유리를 두드리는 대신 살짝 떨어져 유진에게 그것을 보인 상태로 여러 번 흔들었다. 그리고 측정기를 품에 안고 헤엄치는 동작을 여러 번 반복했다. 유진은 처음에 네하가 무슨 행동을 하는 건지 알 수 없었지만, 한참 바라본 끝에 이해할 수 있었다. 저걸 가져간 게 정말로 맞구나.

눈앞에 가까이 다가온 네하는 더없이 영롱했다. 멀리서 혹은 뷰파인더로 보던 모습과는 전혀 달랐다. 머리부터 발끝까지 심지어 길게 붙어 있는 머리카락조차 인간의 것과 거의 같았다. 다른 점이 있다면 이 생명체는 온몸이 반투명의 은은한 색으로 마치 해파리처럼 구성되어 있다는 거다. 손목과 팔목 그리고 종아리 뒤와 등을 가로질러 붙어 있는 커다란 총천연색의 지느러미 또한 인간과 구분할 수 있는 가장 큰 성질이었다. 하지만 그 외에 입과 눈의 움직임 같은 세밀하고 자잘한 것은 전부 인간과 너무도 흡사했다.

이렇게 아름다운 존재를 뭐라고 부르면 좋을까. 유진은 학계에 도시 전설처럼 남아 있는 인어의 존재 그리고 어린 시절 입을 헤벌리고 봤던 〈인어공주〉 시리즈를 떠올렸다. 하지만 눈앞에 있는 이 존재를 단지 인어라는 단어로 묘사할 수는 없었다. 무엇보다 그런 말로 단순화하고 싶지 않았다.

네하는 자신의 행동에 반응하는 유진을 신기하게 바라봤다. 인간이 어떤 언어로 말을 하고 다른 생물과 어떻게 소통하는지에 대해서는 책에 기록되지 않았다. 다만 발라비들과 저리도 닮은 생물이라면 비슷한 기재가 작용하지 않을까 추측했을 뿐이다. 네하는 본능적으로 이 인간이 자신을 해칠 생각이 없음을 직감했다. 조각을 손에 든 네하는 열심히 손으로 무언가를 표현하기 위해 애를 쓰고 있는 유진을 관찰했다.

유진은 네하의 손에 들린 측정기를 바라보며 네하가 한 것처럼 측정기를 품에 안고 이동하는 시늉을 따라 했다. 측정기를 다시 붙이는 방법을 저 존재가 알 리 없었다. 만일 저것에 꽂혔다면 지금 뜯어낸 측정기를 자신의 터로 가져갈 테고, 분실 측정기가 보내온 것처럼 그곳의 위치를 알려올 수도 있을 것이며 운이 좋으면 흐릿한 사진도 몇 장 확인할 수 있을 것이다. 비슷한 무리가 또 있는지 어떤 삶을 살고 어디에서 살고 있는지에 대해 알고 싶었다. 측정기 분실에 대한 대가를 지불해야 할 테지만…… 그건 돌아가서 생각하기로 했다.

네하는 유진의 의도를 완벽히 이해할 수 없었지만 자신이 뜯어낸 이 조각을 그대로 가져가도 좋다는 일종의 신호로 받아들이기로 했다. 금지구역 너머 발라비들이 아마도 도달한 적 없는 어스름하고 아름다운 빛 사이에 둥실 멈춘 채로 이쪽을 바라보는 인간. 그리고 그런 인간이 이쪽으로 무언가 의견을 표출하기 위해 노력하는 상황. 이런 꿈같은 상황을 키라는 믿어줄까? 이런 일을 겪었다고 말한다면 다른 발라비들은 내 말을 믿을 수 있을까?

네하는 더 자세히 인간을 들여다보고 싶었다. 그리고 가능하면 아주 오래 여기 머물면서 인간을 관찰하고 싶었다. 하지만 이미 너무 긴 시간 금지구역에서 머물렀다. 이제 돌아가야만 했다. 인간을 또 만날 수 있을지 어떨지 모르지만, 어쨌든 여기서 더 머무를 수는 없었다.

'그래야 다시 올 수 있으니까.'

네하가 중얼거렸다. 유진은 네하의 뻐끔거리는 입을 한참 바라봤다. 유진도 머릿속으로 돌아가야 한다는 걸 인지하고 있었다. 하지만 지금과 같은 순간이 또 찾아올 수 있을까. 오늘 탐사와 같은 기막힌 우연의 일치가 또다시 일어나리라는 보장은 없었다. 처음으로 마주하는 보고되지 않은 미지의 생명체. 그 생명체와 소통을 시도한다는 것만으로 머리가 터질 것 같았다. 마음을 차분히 가라앉히고 여러 번 심호흡하고 나서야 유진은 이번에 이렇게 찾아온 기회가 정말 다시 없을 순간이었다는 걸 떠올리고 울적한 마음에 사로잡혔다.

충분한 기록을 했는지 혹시 다시 만난다면 자신을 기억해줄 수 있을지 궁금했다. 다른 걸 다 떠나서 다시 탐사를 나왔을 때 자신을 꼭 기억해준다면 더 바랄 게 없다고 유진은 생각했다. 유진의 간절함은 곧 닿지 않는 대화와 손짓이 되어 네하의 눈에 박혔다.

"다시, 다시 여기, 여기로 오, 올게, 올게요."

유진은 반사적으로 마치 어린아이나 강아지에게 말을 전달하기 위해 애쓰는 것처럼 말과 행동을 섞어 네하에게 보여줬다. 네하는 유진의 큰 동작과 열었다 닫았다 하는 입 언저리를 유심히 바라봤다. 여전히 뭘 전달하고 싶은 건지 전혀 알 수 없었다.

유진은 마지막으로 네하의 손에 들고 있는 측정기를 손가락으로 가리켰다. 그러자 네하가 자신의 품을 내려다보며 반응했다. 측정기는 일정 수심 아래에서 작동하지 않도록 설계되어 있었다. 하지만 만약 네하가 측정기를 잃어버리지 않고 이쪽까지 다시 도달할 때까지 측정기의 레이더가 살아 있다면 상황은 달라진다. 그 일말의 가능성에 걸 수 있는 확률은 극히 미미한 수준이지만 혹시 몰랐다. 다시 만날 수 있는 방법 그리고 서로를 다시 찾을 수 있는 방법은 그것이 유일했으니까.

네하는 유진이 행동을 마치자마자 곧바로 뒤를 돌아 직선으로 내려갔다. 품 안에는 인간이 탄 잠수정에서 뜯어낸 조각이 있었다. 이건 일종의 선물이라고 봐야 할까. 평화 협정이나 교류의 방식 뭐, 그런 걸까. 조각은 한참 아래에서 발견한 것과 같은 모습이었다. 모서리에는 작고 반질거리는 무언가가 내장되어 있었다. 이제 네하도 거기서 불빛이 간헐적으로 흘러나오리라는 걸 알고 있었다. 비록 직접 뜯어내기는 했어도 인간이 직접 건네준, 아니 그러도록 수락해준 물건이라니. 이 모든 상황을 키라에게 어떻게 전달해야 할까.

빠르게 심해 밑으로 사라지는 네하를 보며 유진도 잠수정을 다시 가동시켜 육지로 올라갈 준비를 했다. 궤도 수정 없이 돌아온 그대로 수직 상승할 예정이었다. 그제야 지체된 시간 알림이 눈에 들어왔다. 유진은 고도를 높이기 직전 잠수정 전후면부 카메라와 잠수정 내의 모든 알림이 기지와 연결되지 않았는지를 강박적으로 여러 번 확인했다. 오늘의 일은 절대로 기지에 알려져서는 안 된다.

가속된 잠수정이 움직이자 강한 물보라가 잠수정 사방에 몰아쳤다. 네하는 유진이 탑승한 잠수정이 수면 쪽으로 올라가는 것을 계속해서 바라보며 유영했다. 빠르게 사라진 네하는 유진의 위치에서 보이지 않았으나, 유진은 길게 고개를 뻗어 네하가 사라진 쪽을 오래도록 바라봤다.

유진의 잠수정은 아주 천천히 가속하던 탐사 초반의 속도와 확연히 비교될 정도로 빠르게 수면에 다다랐다. 잠수정을 정해진 위치로 이동시키면서 유진은 바깥의 상황을 살폈다. 꺼두었던 핸드폰과 각종 기지와 연결된 기기들을 전부 켰다. 유진은 빠르게 그 알림들을 살폈다. 다행스럽게도 유진을 찾는 사람은 없었다. 육지 지원 과정에 대한 상황 보고만 가득했다. 그사이에 유진이 탄 잠수정에서 보내온 알림 몇 개가 올라와 있었기에 유진은 그것들을 빠르게 삭제했다.

유진이 가져간 카메라와 녹음기, 각종 촬영 장비들은 들고 갔을 때와 마찬가지로 검은 자루에 담겼다. 유진은 잠수정 전후면부에 붙어 있던 측정기 중 하나를 제거했다. 탐사 중 측정기가 분실되는 사건이 있었고, 그로 인해 기존에 분실된 측정기에도 같은 문제가 있을 거라고 생각해 모든 잠수정의 측정기를 대대적으로 검사할 거라 보고할 예정이었다. 측정기 분실은 분명 자주 일어나는 일이 아니었기에 유진은 이 분실 건에 더 이상 이목이 집중되는 걸 원치 않았다. 그리고 혹시 모를 상황에 대비해 여분의 측정기를 제작해 비축해두기로 했다. 물속에서 만난 그 생명체는 분명 이것에 지대한 관심이 있어 보였기 때문이다.

잠수정 외부 점검을 마치고 장비들을 챙겨 연구실에 들어와
서야 유진은 안도의 숨을 쉬었다. 급작스럽게 긴장이 풀려 약
간 나른한 기분이 올라왔다. 컨디션이 아주 나쁜 날 먹기 위해
남겨둔 포도주스를 입에 털어 넣었다.

이제 남은 건 탐사 보고를 그럴싸하게 꾸미는 일, 탐사 도
중 만난 생명체에 대해서 정리하는 일이었다. 보고는 순식간
에 마칠 수 있었다. 탐험 중에 찍은 사진과 녹음 그리고 개인
적으로 작성한 문서에 대해서 정리하는 건 어렵기보다는 즐거
운 일이었다. 문제는 직전에 만난 생명체에 대해 명명하는 일
이었다. 해양학자로 수많은 이름을 들어보기는 했어도 이름을
직접 짓는다는 상상은 단 한 번도 해본 적이 없었다. 한때 바
다를 수놓았으나 이미 멸종된 무수한 이름들을 기억하는 일에
익숙해져 있었기 때문이다.

특별한 생물을 처음 발견한다면 그 이름에 발견자의 이름을
붙이는 게 관례였다. 하지만 인간을 너무도 빼닮았으며 어쩌
면 인간만큼 혹은 그 이상의 지능을 지니고 있을지도 모르는
이 존재에 유진은 자신의 이름, 인간의 보잘것없는 이름을 붙
이고 싶지 않았다.

유진은 자리에 앉아 오랫동안 꺼내지 않았던 책 한 권을 꺼
냈다. 지금은 사람들의 기억 속에 잊힌 신화에 관련된 책이었

다. 역사나 신화보다 현재의 삶과 당장의 생존에 몰두한 지 오래이기에 지금은 이 내용을 알고 있는 사람이 드물 것이다. 오히려 그런 점 때문에 유진은 답답할 때마다 부러 이 책을 꺼내 들고는 했다. 육지와 바다가 병들기 시작하면서부터 빠르게 사라진 소설과 신화, 공상과 상상의 이야기들. 유진이 유독 좋아했던 이름 하나가 그 사이에 있었다.

유진은 '바다의 물결'이라는 별명을 가지고 있는 그 이름을 자신이 방금 만났던 아름답고 오묘한 생명체에게 지어주기로 했다. 어떤 하나의 신이나 사람을 지칭하는 단어가 아니라 여러 대상을 복수로 상징한다는 점에서 유진은 이 이름 외에 다른 것을 상상할 수 없었다.

'네레이드 Nereid'

유진은 한 번도 쓰지 않은 수첩을 열어 네레이드의 한글과 영어를 병기해 적었다. 책장 밖으로 잠시 빠져나왔던 신화 책은 다시 제자리로 돌아갔다. 유진은 자신이 쓴 글자로부터 파생될 무수한 기록과 연구를 머릿속에 떠올리자 기분이 좋아졌다.

그 존재가 스스로 가진 이름은 영원히 알 수 없을 것이다. 하지만 그러면 어떠한가. 유진은 받아들이기로 했다. 편의를 위해 명명한 유진만의 이름. 유진은 그것에 만족하기로 했다.

해
무

수개월 동안 잠잠했던 바다는 지난 며칠 동안 전례 없이 변하기 시작했다. 육지가 포화 상태에 돌입해 바다로 무수한 쓰레기가 버려진 이후로 단 한 번도 변화한 적 없던 바다 근처의 기온도 널뛰듯 바뀌기 시작했다.

계절은 여름의 절정에 치닫고 있었다. 매년 여름이면 참을 수 없게 더워지고, 매년 겨울이면 살을 에는 듯한 추위 속에 생존해온 게 벌써 수년째였다. 이제 익숙해질 법도 한 이상 기온이지만 유독 올여름만은 이상할 정도로 변화가 심했기에 해양 기지 내에서 생활하는 사람들뿐만 아니라 기지 밖에서 살아가는 사람들에게도 곤욕일 정도였다. 급격하게 상승했다가 하강하는 대중없는 온도의 곡선을 매일 마주하며 사람들은 빠르게 지쳐갔다.

매일같이 전쟁을 치르고 있는 육지와 바다의 얕은 구역에서와 마찬가지로, 심해 부근에서도 비슷한 현상이 일어나고 있었다. 잠수정에 붙은 측정기의 분실은 흔한 일이 되어버렸다. 며칠에 한 번 심해 탐사를 위해 띄우던 무인 잠수정도 일주일에 한 번, 그것도 정해진 요일이나 시간이 아닌 랜덤으로 바뀌었다. 예측할 수 없는 바닷바람이 종종 불어왔고 그로 인해 즉각적으로 대응할 수 없는 무인 잠수정은 기기의 손상을 동반한 채 돌아왔다. 다행히 인명 피해는 없었지만 몇 번의 자잘한 사고 끝에 탐사 주기를 줄이기로 상부에서 결정했고, 특별한 일이 있을 때만 유인 탐사선을 띄우는 것으로 합의되었다. 물론 그 유인 탐사와 잠수정에 대한 권한은 유진이 가지고 있었기에 이 모든 결정이 유진에게는 딱히 영향을 미치지 않았다.

바다 위에서 일어나는 일로 인해 바다 밑 깊숙한 곳에서도 비슷한 기현상이 일어났다. 발라비들이 거주하고 있는 해구에 혼탁 현상이 일어나 며칠씩 앞을 제대로 분간할 수 없을 정도였다. 심해 밑까지 해수면의 피해가 내려와 닿는 것은 흔한 일이 아니었기에 발라비 다섯 장로들의 회의는 하루가 멀다고 열리기 시작했다.

그와 동시에 발라비 몇몇은 두려움을 감추지 못했다. 오래도록 뿌리내리고 살았던 이 해역에서 이주해야 할지도 모른다는 소문이 떠돌기 시작했기 때문이다. 모두가 숨죽여 장로의 결정을 기다리고 있었지만 거듭되는 회의에도 쉽게 진전은 나지 않았다. 당장 발라비들의 채집과 생산에 큰 영향을 끼치지 않는 상황이니 장로들은 조금 더 상황을 지켜보기로 했다.

그중 베디는 유독 생각에 잠기는 일이 많아졌다. 발라비들의 바다가 항상 일정한 평온을 유지해왔던 건 아니지만 지금 세대에 와서 이런 일이 계속해서 벌어지는 이유는 무엇인가. 다른 장로들은 바다의 변화와 나이 듦 때문이라고, 지극히 자연스러운 현상이라고 서로를 위로하고 다독였지만 베디만큼은 이런 일이 벌어지는 가장 큰 원인을 특정할 수 있었다.

'인간…… 분명 인간 때문이다.'

베디는 그 단어를 입속에서 오래도록 굴렸다. 이미 지난 회의에서 이야기했듯 인간에 대한 이야기는 발라비 사이에서는 금기어와 다름없었다. 구전으로만 떠돌고 동화나 설화 속에서 존재하는 괴담 때문만은 아니었다.

인간으로 인해 삶의 터전을 잃고 밀려나듯 심해로 내려와 적응한 생물은 많았다. 그들은 인간의 손이 닿지 않는 곳까지 내려왔으나 인간이 포기하지 않고 뒤쫓았기에 몇몇은 멸종하기도 했다. 베디는 인간을 직접 목격한 적이 있었고, 아직도 그때의 광경을 똑똑히 기억했다. 무자비하게 바닷속 동물들을 포획하는 인간의 모습. 발라비와 너무도 닮았으나 발라비와는 정반대의 성향을 가진 기묘하고 폭력적인 인간의 면면. 어릴 적 자신을 향해 헤엄쳐 다가오던 인간을 바라볼 때 느꼈던 온전한 공포를 베디는 아직도 기억하고 있었다. 그 순간 나타났던 상어 떼가 아니었다면 베디를 포함한 발라비 일족은 지금쯤 인간의 놀잇감이나 먹잇감이 되었을지도 모른다. 그들이 바닷속에서 자유자재로 유영할 수 없는 게 정말 다행이었다. 마음만 먹으면 무엇이든 할 존재. 그 어떤 상황도 고려하지 않고 제멋대로 무기를 휘두를 존재. 그렇게 베디를 비롯한 어린 발라비들 사이로 숨을 잃고 사라지던 힘없는 인간의 시체를 보며 베디는 언제고 똑같은 일이 생긴다면 자신이 가진 모든 수를 써서라도 발라비 일족을 지키겠다고 다짐하고 또 다짐했다.

벌써 수십 년 전의 일이었다. 지금은 그때를 기억하는 발라비들이 남아 있지 않았다. 인간은 발라비의 천적이라고 교육받은 탐사원들도 그저 자신이 받은 지식을 아랫세대에게 전수할 뿐이었다. 인간을 직접 만나거나 인간과 사투를 벌이다 도망친 발라비들은 이제 존재하지 않기에 만일 같은 일이 생긴다면 어떻게 해야 할까 베디는 며칠째 머리를 굴렸다. 발라비들의 마을은 안전하지만, 이따금 예기치 않은 거대한 돌풍이 마을 근처에서 불어닥칠 때 바닷속을 부유하던 인간의 물건들이 이쪽으로 떠밀려 올 때가 있었다. 베디는 어떻게든 그것들을 수습하며 인간의 존재를 가능한 한 발라비들로부터 먼 곳에 위치하도록 조정에 조정을 거듭했다. 하지만 언젠가 분명 한계가 올 것이다. 최근 도드라지게 나타나는 해류의 변화처럼 피부에 와닿게 말이다.

베디는 오래도록 터를 잡고 살아온 현재의 해구와 해역에서 언젠가는 이주해야 한다는 사실을 가슴에 품고 지내왔다. 모든 것이 영원하고 안정적이었던 호시절은 이미 지난 지 오래였다. 바닷속에서 포식자였던 적이 없는 발라비가 언제고 마음 졸이며 살지 않은 적이 있겠느냐마는, 적어도 지금의 세대가 기억하는 발라비들의 생활은 그것과는 거리가 먼 온화하고 평온한 삶의 연속일 것이다. 베디는 그런 삶을 최대한 유지하는 것이 자신에게 주어진 사명임을 알고 있었다. 지속해오던 안정적인 생활에서 균열이 일어나는 순간을 견딜 수 있는 발라비도 많지 않을 것이다.

아직 손에 잡히지 않지만 그날이 곧 당도하리라고 생각하고 있었다. 지금은 그저 그뿐이었다. 베디는 한숨을 쉬며 잠시 잠잠해진 광장의 여기저기를 눈으로 훑었다.

유진을 등지고 빠르게 발라비의 마을로 돌아온 네하는 곧바로 키라에게 달려가지 않았다. 규칙을 벗어나 금지구역으로 향하고 금지구역 너머로 갔다가 인간을 만나고 돌아왔다는 걸 장로들에게 들킬까 염려했지만, 네하가 마을로 복귀했을 때 그 누구도 자신의 구역 밖으로 나와 있지 않았다. 그 점에 네하는 몹시 안도했다. 곤히 잠을 청하고 있는 가족의 방을 지나 자기 방에 당도해서야 모든 긴장이 풀렸다. 품 안에는 새로 들고 온 조각이 들려 있었다. 그제야 숨길 생각 없이 이걸 그대로 당당하게 들고 왔다는 사실에 스스로 놀랐다.

"미쳤지, 정말."

네하는 구석에 다리를 뻗고 선 채 중얼거렸다. 다행스럽게도 새로 들고 온 조각에서는 그 어떤 신호도 잡히지 않았다. 네하는 소지품 상자를 열어 똑같이 생긴 조각 옆에 나란히 세워 두고 상자를 꼭 닫았다. 그러고 나서 차분하게 방금 자신이 보고 온 것들에 대해 생각했다.

인간을 등지고 마을로 내려올 때만 해도 바로 키라에게 달려가 이 사실을 고하고 싶었다. 그래야 이 두근거리는 마음, 일생일대의 경험을 했다는 사실로 펄떡거리는 마음이 진정될 것 같았다. 하지만 마을 구역에 진입한 후 생각이 바뀌었다. 당분간은 키라에게 알리지 않는 것이 좋을 것 같다는 생각이 들었다.

132

네하는 자신이 몇 분 동안 뚫어져라 바라본 인간이라는 대상에 대해 오래도록 생각했다. 발라비처럼 반투명한 형상, 그러니까 바닷속에서 주의를 기울여야 눈에 띄는 것이 아닌 온전하고 고유한 색을 가지고 있는 인간의 형상. 가느다란 손끝, 또렷한 눈 그리고 무언가를 이야기하려는 입. 그 모든 것이 발라비와 닮았으면서도 발라비와는 거리가 멀어 보였다. 인간은 다양한 것들을 걸치고 있어 그 몸이 드러나지 않아 보였는데, 그것들의 기능은 뭘까. 책에서 봤던 무기들을 왜 그 인간은 가지고 있지 않았을까. 그 후로 며칠이 지나도록 유진의 형상은 네하의 머릿속에 들어차 떠날 줄을 몰랐다.

키라는 마치 금지구역에 대해 잊고 살아온 것처럼 갑자기 돌변한 네하의 태도에 며칠째 의문을 품고 있었다. 최근 들어 탐사대의 반경이 유독 넓어졌다는 걸 네하에게 경고하려고 몇 번 틈을 봤지만 네하는 왜인지 모르게 금지구역과 그 위의 존재를 완전히 잊은 듯 굴었다.

"솔직히 말해봐."

답답함 속에 발을 동동 구르던 키라가 네하를 다그쳤다. 가까운 곳에서 바닥을 살피고 있던 네하는 키라를 말없이 바라봤다. 그 모습에 키라는 네하에게 가깝게 다가서며 뾰루퉁한 표정을 지었다.

"도대체 뭐냐고. 너 예전이랑 다르잖아."

"내가?"

고개를 갸웃하며 되묻는 네하에게 키라가 어이없다는 표정으로 다시 다그쳤다.

"딴청 부리지 말고, 대체 무슨 일이야? 인간, 그거에 한참 빠져 살더니 왜 갑자기 없던 일처럼 지내는 건데?"

네하는 키라의 입에서 나오는 인간이라는 단어를 듣자마자 키라의 입을 막으며 주변을 두리번거렸다.

"미쳤어? 네가 말하지 않기로 했잖아. 갑자기 그 이야기를 왜 해?"

"어휴, 미친 건 너잖아. 예전에 내가 알던 네하는 어디 갔어? 갑자기 아무 일도 없다는 듯이 구는 게 너무 수상해."

키라는 네하에게서 한발 물러나 네하를 지그시 살폈다.

"수상해, 정말. 그사이에 뭐, 인간이라도 만나고 온 건 아니지?"

키라의 말에 네하는 살짝 움찔했다. 적잖이 당황했지만 키라의 능력이 독심술이 아니라 다행이었다. 더군다나 키라는 계속해서 네하 근처를 빙빙 돌며 네하의 구석구석을 살폈기에 다행히 당황한 네하의 감정을 눈치채지 못했다. 네하는 안도의 숨을 삼키며 태연하게 키라에게 답했다.

"뭔 소리야. 그냥 다른 거에 집중하고 싶을 뿐이야. 이를테면 요즘 분주한 장로들이라든가. 또 거기서 무슨 얘기가 나올지 모르잖아?"

"아무래도 요즘 좀 이상하지? 뭔가 갈수록 분위기가 심각해지는 것 같은 느낌이야. 내 예상이 틀렸으면 좋겠는데."

장로 이야기가 나오자 키라는 네하를 다그치기를 그만둔 채 어딘가를 바라보며 생각에 잠겼다. 키라의 주의를 돌리기 위해 꺼낸 이야기지만, 사실 최근 발라비들의 주된 관심사이기도 했다. 발라비 마을 전체가 이주할 수 있다는 것. 그래서 지금보다 더 열악한 환경에서 삶을 꾸려가야 한다는 것에 대해 많은 발라비가 관심을 가지기 시작했기 때문이다.

네하와 키라도 지금의 발라비 구역에서 태어났고 발라비들의 이주를 경험한 적이 없으며 평생 삶의 터전이 이곳일 줄 알고 지내왔다. 이미 모든 게 갖추어진 곳을 떠나 다른 곳으로 이동할 가능성에 대해 논의되고 있다는 건 확실하지 않은 이야기이기는 했다. 하지만 장로들이 공표하지 않더라도 충분히 입방아에 오르내릴 만한 사안이기에 최근 들어 거주 구역이 아닌 전혀 다른 해역에 관심을 가지는 발라비도 늘어났다.

네하는 인간에게 정신 팔려 있었지만 부쩍 자주 돌아다니는 탐사대와 평소보다 더 활동 반경이 넓어진 장로들을 마주하며 다른 발라비들의 소문을 귀담아들었다. 네하나 키라가 나고 자란 후 단 한 번도 비슷한 사건이 발생한 적이 없었기에 더 촉각을 기울일 수밖에 없었다.

"뭐가 되었든 장로들 결정에 따르긴 해야지."

키라의 말에 네하가 고개를 끄덕였다. 어차피 평범한 발라비들에게 선택권은 없었다. 마을의 대소사가 있을 때마다 장로의 결정을 따라야만 했으니까. 그에 대해 큰 불만은 당연히 없었다. 네하의 관심사는 발라비 마을의 이주 가능성이 아닌 오로지 인간과 아지트에 장로들 몰래 쌓아둔 금지구역 위의 물건들이었다. 그 물건들 모두 인간의 것이었다는 확신이 든 지난밤부터 네하는 고민에 빠졌다. 네하의 목표는 오로지 들키지 않는 것이었다. 금지구역 근처를 돌아다니거나 그곳의 물건을 수집하다가 징계를 받은 발라비는 지금까지 없었기 때문에 만일 들키게 된다면 어떤 벌을 받게 될지 조금은 두려웠다.

하지만 하루에 몇 번씩 머릿속에서 선명하게 아름다운 인간의 모습이 떠오를 때면, 모든 두려움과 초조함이 씻은 듯 떠내려가고는 했다. 인간과의 만남이 지난번이 처음이자 마지막이 아니기만을 빌었다. 다시 한번 인간을 볼 수 있다면, 그럴 수만 있다면 얼마나 좋을까. 인간을 직접 마주한 이후 금지구역 근처에서 수집한 물건에 대한 흥미는 이전의 절반으로 줄었다.

네하의 관심사는 오직 인간, 인간을 한 번 더 보는 것이 되었다. 다시 인간과 만날 수 있다면 그때야말로 키라에게 모든 사실을 털어놓을 계획이었다. 모든 게 더 확실해지면 그때 키라에게 모든 걸 말해줄 생각이었다.

네하는 자신의 모든 촉각을 사용해 금지구역 너머의 움직임에 초점을 맞췄다. 예전처럼 정기적으로 드나들면서, 몇 미터씩 위로 올라갔다가 돌아오기를 반복했다. 혹시 모를 인간의 방문을 놓치지 않기 위해서였다. 만일 그런 순간이 또 찾아온다면 빠르게 기회를 잡자. 오직 그 생각만이 네하를 움직이게 하는 원동력이 되어주었다.

기
록

유진은 탐사에서 돌아온 이후 기록에 몰두했다. 너무나 신기하고 새로운 발견에 감탄만 하고 있을 새가 없었다. 변화무쌍한 해류의 흐름과 밤낮으로 급격하게 차이 나는 온도 때문에 유인과 무인을 가릴 것 없이 탐사 자체가 어려웠다. 그래서 더욱더 자신이 발견한 존재에 대해 몰두할 수 있었다. 그렇게 쌓인 기록은 어느새 공책 한 권을 다 채울 만큼 빼곡해졌다. 유진은 아무도 발견하지 못하도록 그 공책을 다른 책 사이에 섞어서 보관했다.

네레이드를 만나고 온 직후, 유진은 누구에게도 그 사실을 말하지 않았다. 자신을 가장 믿고 따르는 팀원 몇몇, 이 기지에서 가장 신뢰할 수 있는 백업 담당 팀원에게조차 네레이드에 대해 말할 수 없었다. 지금 네레이드의 존재가 세상에 알려지는 것은 시기상조였다. 더군다나 예전 같은 순수성을 잃은 지 오래된 학계에 제대로 된 보고와 발표를 할 수도 없었다. 유진은 인간의 탐욕스러운 눈빛을 머릿속에서 떠올렸다. 그중에는 물론 부팀장인 석주의 시선도 포함되어 있었다.

네레이드가 가져간 측정기는 그 이후 더 이상 신호를 보내오지 않았다. 이전에 분실된 측정기처럼 그리고 그 측정기를 토대로 움직이게 된 것처럼 이번에도 기현상이 발생하지 않을까 마음 졸였지만 결과적으로는 아무 일도 일어나지 않았다. 행여 알림이 기지 내 탐사대 인원들에게 가지 않을까 계속해서 가슴 졸였는데 오히려 다행이었다.

탐사에 가지고 갔던 각종 촬영 장비가 제대로 작동할까, 기록은 제대로 되었으나 출력에 문제가 있지 않을까 노심초사했지만, 결과적으로 아무런 문제가 없었다. 유진이 직접 눈으로 확인한 네레이드 존재 자체의 아름다움을 평평한 사진과 노이즈가 낀 영상물이 대체할 수는 없었다. 그러나 그 순간과 상황을 복기하기에는 충분했다. 유진은 분실된 측정기가 보내왔던 사진과 이번 탐사 때 꼼꼼하게 기록해온 사진의 출력본을 나란히 두고 살폈다. 그러자 처음에는 그저 오류라고 생각했던 부분이 명확해졌다.

심해는 우주와 더불어 인간이 정복하지 못한 미지의 세계다. 유진은 그 단어를 좋아하지 않았기에 최대한 다른 방식으로 돌려서 심해를 묘사하고는 했다. 알 수 없는 세계, 당도하지 못한 세계, 영영 이해할 수 없는 세계. 과거 심해 탐사가 활발히 이루어졌을 때만 해도 수심 몇천 미터 부근의 영상을 보내오는 무인 잠수정이 많았다. 유인 탐사선으로 해저 깊은 곳의 잔해를 구경하기 위해 무리하게 잠수선을 띄웠다가 사망하는 사고도 물론 있었다. 인간의 의지로 도달할 수 없는 곳이기에 심해는 더욱 빛났다. 기계의 도움이 동반되더라도 불시에 일어나는 사고를 무시할 수 없었다.

해저 탐사가 잦았던 수십 년 전, 유인 탐사선이 닿을 수 있는 가장 아래에 도달한 연구자가 찍은 사진들은 오랜 시간 유진의 방 정중앙을 장식했다. 순수한 연구를 이어갈 수 없는 지금은 그때보다 많이 퇴색되었지만, 여전히 유진의 삶의 원동력 중 하나였다.

그런 유진에게 네레이드의 존재는 더없이 소중했다. 다른 해양 과학자들이 네레이드를 발견해도 아마 마찬가지일 테다. 바닷속에는 얼마나 많은 네레이드가 살고 있을까. 인간과 꼭 닮은 인간형 심해 생물. 그들과 소통할 방법은 당연히 없겠지만 어쩌면 가까운 미래에 가능할지도 모르는 일이었다.

유진은 자신이 찍은 네레이드 사진 여러 장을 책상 위에 올려두고 생각했다. 네레이드의 언어는 무엇일까. 잠수정에 앉아 혼잣말을 뻐끔뻐끔 뱉어낸 자신의 입을 그 네레이드는 면밀하게 관찰하고 있는 듯했다. 탐사 당시에는 어떤 음파도 포착되지 않았다. 유일한 건 네레이드의 손짓. 유진을 꿰뚫을 것처럼 바라보던 영롱한 눈동자. 바닷속에서 간헐적으로 빛을 내뿜는 발광형의 물고기 혹은 연체동물처럼 보이는 신비한 반투명한 몸체. 인간과 닮은 형태를 하고 있으면서도 현저하게 차이 나는 이 존재는 어떤 방식으로 진화하며 삶을 영위해왔을까. 유진은 무수하게 뻗어가는 상념의 가지들을 하나씩 정리하기 시작했다.

오랜 시간 틈틈이 해양생물들을 관찰하면서 그림으로 옮기던 유진이기에, 사진과 머릿속에 떠오르는 이미지의 조합으로 네레이드의 모습을 어렵지 않게 그려낼 수 있었다. 네레이드의 몸체 전체는 눈으로만 관찰했을 뿐 그 어떤 촬영 장비도 담아내지 못했기 때문이다. 사진 밖에서 잘린 조각들, 영상이 잡아내지 못한 부분을 수없이 돌려 보고 조작하며 유진은 커다란 백색 전도에 그 모습을 그려냈다.

연필과 펜으로 그려낸 네레이드의 모습은 만족스러웠다. 무엇보다 가장 중요한 건 시선을 확 끌고 사람을 현혹할 만큼 아름답고 큰 지느러미, 머리카락에서 시작해 등줄기를 타고 발목까지 이어지는 커다란 지느러미였다. 측정기를 꼭 쥔 손 마디마다 안착해 있던 갈퀴도 빼놓을 수 없었다. 인간의 그것처럼 생겼지만 다른 방식으로 작동하는 게 분명한 눈과 눈동자, 마치 또다른 개체인 듯 물결을 타고 흐르던 머리카락. 유진은 모든 기억을 쏟아낸다는 느낌으로 직접 관찰한 네레이드의 면면을 빠짐없이 기록했다.

어떤 방법으로 생식을 하고, 어떤 음식을 먹을까. 심해로 내려갈수록 가시광선을 받아 생존하는 해초나 생물은 현저히 줄어들 테고 미생물 또한 그러할 텐데. 그 아래는 어떤 구조의 생태 피라미드가 짜여 있을까. 육지와 가까운 물의 세계 혹은 육지의 구조와 전혀 다른 삶이 이어질 수도 있을 것이다. 인간과 네레이드의 관계는 무엇일까. 유진은 며칠을 제대로 잠자지 못한 상태로 질문과 그에 대한 추측성 답들을 자문자답하며 빼곡하게 써 내려갔다.

노트 한 권을 가볍게 넘긴 네레이드에 대한 정보는 유진의 가장 아끼는 자산이 되었다. 자원과 자본 앞에 이성을 잃은 지금 시대에, 이런 귀중한 정보를 발표하거나 공유하지 않는 건 어쩌면 치명적인 손실을 야기할지도 모른다. 하지만 그런 문제들보다 유진의 마음 깊은 곳에서 우러나오는 판단이 훨씬 더 앞섰다. 네레이드는 확실히 혼자 존재하지는 않을 것이다. 다른 심해 생물군이 그렇듯 무리를 지어 행동할 확률이 높고 분명 장기적으로 거주하는 곳이 따로 있을 것이다. 그 일족이 얼마만큼 많을지 가늠하기는 어렵지만 적어도 이것만은 확고했다.

네레이드는 절대 인간이 함부로 건드릴 수 없는 존재이며 함부로 건드려서도 안 되는 존재였다. 제대로 된 연구가 이뤄질지 예측할 수 없고 네레이드를 다시 만나지 못할 가능성도 높지만, 이 사실만은 너무나 명백했다. 지금까지 그 어떤 생물도 허투루 생각한 적이 없었지만 이번만은 여느 때보다 더 자명했다.

최대한 이 존재를 숨기며 보호해야 한다. 그게 새롭게 떠오른 유진의 사명이었다.

지금 당장 할 수 있는 건 유진이 연구하고 고민한 기록, 직접 탐사해서 얻은 정보를 최대한 잘 숨기는 것이다. 당장이라도 유인 잠수정을 다시 띄워 네레이드를 만난 곳을 여러 번 혹은 며칠이고 거듭 재탐사하고 싶었지만 현실적으로 그건 불가능했다. 이 기막힌 우연이 언젠가 다시 이뤄지기를 손꼽으며 그저 그 존재에 관한 정보를 보존하고 흔적을 지우며 기다리는 수밖에 없었다.

탐사에 함께한 개인 잠수정을 조금씩 손보면서 유진은 한
없이 미뤄진 다음 출정을 기다리기로 했다. 다섯 대를 부착한
측정기는 네 대로 줄어든 채 복귀했지만 누구도 그에 대해 깊
게 이야기하지 않았다. 탐탁지 않은 김석주의 눈빛은 무시하
면 그만이었다. 그 이후로 가만히 붙어 있던 물품들이 바닷바
람에 쓸려 사라지고, 탐사를 나갔다 돌아온 몇 대의 무인 잠수
정의 일부분이 망가지는 등 자잘한 사고가 이어진 건 어쩌면
유진에게는 크나큰 행운이었다. 그런 일이 빈번하게 일어나게
된 이유로 유진의 탐사 또한 길이 막혔지만 많은 기지원들의
주의를 돌릴 수 있다는 점으로 만족하기로 했다. 언제고 때가
오면 유진은 기회를 놓치지 않고 아주 단단히 잡아매어 네레
이드를 찾으러 출정할 계획이었다.

　몇 주째 혼탁 현상이 일어나는 바다는 금세 돌풍을 일으켰
다가 다시 잠잠해지기를 반복했다. 일정한 주기로 시끄러워졌
다 다시 평온해지기를 반복하는 바다는 기지 구성원에게는 공
포의 대상이었다. 주기적으로 나가던 탐사를 멈추고 기지에서
연구하는 사람이 늘어났고, 심해 연구에 할당된 사람 중 몇몇
은 거처를 옮겨 다른 지역으로 배정받기도 했다.
　잦은 인사이동으로 인해 기지가 뒤숭숭한 사이, 석주는 이

기회를 틈타 유진을 밀어내보려 했지만 별다른 방법이 없어 발을 구르고 있었다. 유진뿐만 아니라 누구든 밟고 위로 올라가고 싶다는 석주의 욕심은 변하지 않았다. 그에게 가장 큰 걸림돌은 역시 유진이었다.

단독으로 진행한 유인 잠수정 탐사 이후 유진은 자신의 연구실에 머무는 시간이 길어졌다. 탐사에서 얻은 소득은 없다고 보고했고 오히려 유실이 있었기에 질책받아 마땅했지만 그 뒤 일어난 바다와 기지의 급박한 상황 때문에 유진의 일은 금세 묻혔다. 석주는 그게 무엇보다도 불만이었으며 더불어 연구실에 머무는 시간이 점점 늘어나는 유진이 무언가를 숨기고 있을지 모른다는 생각에 휩싸였다. 여러 번 유진의 연구실에 잠입하기 위해 시도했지만 보안을 철저하게 하는 유진의 성격 때문에 번번이 실패했다.

상류층으로 올라가면 선점할 수 있는 자원과 재화가 많아진다. 그게 석주의 신념이었다. 석주의 눈에 유진은 막무가내 평화주의자 혹은 환경운동가나 다름없었다. 자신의 가치를 위해 편의를 포기하는 사람들. 당장 눈앞에 놓인 과제를 해결하기 위해 수단과 방법을 가리지 말아야 하는 통에도 품위 혹은 신념을 지키는 것에 혈안이 된 사람들. 세상이 이렇게 된 이후, 석주는 그런 사람들을 볼 때마다 가식적으로 느껴져 구역질이

날 지경이었다. 그런 부류와 결코 엮이고 싶지 않았기에, 심해 탐사 기지에서 유진을 만나 함께 일하게 된 건 석주에게 있어 일생일대의 참패나 다름없었다.

나이가 한참 어린 여자의 말을 듣고 따라야만 한다니. 이런 고역이 어디 있겠느냐며 석주는 자주 혼자 중얼거리고는 했다. 갈수록 계급 간의 갈등이 심화되고 절대적인 강자가 몇 되지 않는 자원을 독식하게 되는 상황에서 유진이 내세우는 가치는 석주와 번번이 충돌했다. 생물 보존이니 뭐니 환경 보전이 어쩌고 하는 이야기를 석주는 매번 귓등으로 흘렸다.

그런 자신을 유진 또한 탐탁지 않아 한다는 사실도 잘 알고 있었다. 그래서 가능하면 충돌하지 않기 위해 노력했지만, 아주 가끔 충돌할 때마다 석주는 유진을 대놓고 무시했으며 유진 또한 석주의 말에 별다른 대꾸를 하지 않았다.

하지만 역시 가장 큰 문제는 유진이 석주의 상사라는 거였다. 기지의 연구가 더딘 까닭도, 되는 대로 쓸어버리고 모아 소비하지 않으려 하는 유진의 판단과 성격 탓이었다. 한가하게 있을 시간이 없는데, 이미 다 망가져버린 바다를 두고 뭐 하는 짓이냐는 말이다.

유진을 끌어내릴 수만 있다면 무슨 일이든 할 수 있을 것 같았다. 겉으로는 완벽주의자로 보여도 유진 또한 인간이기에 분명 실수를 할 거라 믿었다. 차라리 유인 탐사 때 예기치 못한 사건을 만나 기지로 돌아오지 못한다면, 혹은 처참한 몰골로 기지로 돌아와 장비만 낭비한 꼴이 되었다면 좋았을 텐데. 석주는 입술을 꾹 깨물며 먼발치에서 유진을 계속 주시했다. 어떻게든 유진이 실수하기만을 손꼽아 기다렸다.

그런 석주에게 유진이 오랫동안 머무는 개인 연구실은 정복의 대상 중 하나였다. 석주는 분명 유진이 자신과 같은 기회주의자일 거라 믿었고, 언제고 틈을 봐서 자신을 밟고 더 높은 곳으로 올라가려는 욕심이 있을 거라 생각했다. 부팀장인 자신을 비롯해 팀원 단위로 내려오지 않는 온갖 정보가 저곳에 모두 모여 있을 게 분명했다. 더군다나 최근 탐사나 탐사 보고를 듣는 것도 뒷전으로 미루고 유독 연구실에 머물며 뭔가에 열중해 있는 유진이 유달리 이상해 보였다. 가끔 조례 때나 팀 단위 보고를 공유할 때 보는 유진의 표정은 전과 다르게 생기가 도는 듯 밝아 보였다. 이전과 자명하게 다른 유진의 모습이 석주는 계속 마음에 걸렸다.

며칠 간의 고민 끝에 석주는 지난 유진의 유인 탐사 때 석주가 알지 못하는 어떤 사건 혹은 유진이 숨기고자 하는 개인적인 발견 같은 게 있었을 거라는 결론에 도달했다. 하지만 추측이었을 뿐 확실하지 않았기에, 석주는 나름대로 정보 수집을 위해 기지가 한가한 틈을 타 빠르게 움직이기 시작했다. 그 첫 시작은 유진의 개인 잠수정이었다.

유진을 포함한 기지 내의 연구원들이 잠든 시간까지 깨어 있던 석주는 바다 가까이 밀착되어 있는 잠수정으로 걸음을 옮겼다. 유진은 지난 탐사에서 건질 만한 것이 역시 없었고 분실된 측정기의 회수는 고사하고 새롭게 측정기를 분실해 면목이 없다고 밝힌 바 있다. 정말로 아무것도 없었을까? 사실 그날 바다에서 무언가를 보고 돌아온 게 아닐까?

석주는 잠수선을 둘러싼 다섯 대의 카메라에 꽂힌 메모리카드를 가져와 공동 연구실에서 빠르게 확인했다. 과거부터 차례대로 저장된 영상을 보다 보면 실마리를 잡을 수 있을 것 같았다. 하지만 석주의 기대와 달리 메모리카드에는 아무것도 남아 있지 않았다.

그런데 아무런 영상도 기록도 없는 메모리카드라니. 이거야말로 수상했다. 무인 탐사든 유인 탐사든 바다로 향할 때는 혹시 모를 사태에 대비하기 위해 중앙 기지와 클라우드로 동기화된 카메라를 상시 켜두는 게 규칙이었고 만일 클라우드가 제대로 작동하지 않는다면 반드시 각개의 기기에 기록 영상을 저장하도록 자동화되어 있다. 그런데 유진의 탐사선에 설치된 모든 전후면 카메라는 마치 일부러 기기를 조작하고 메모리카드 내의 영상을 삭제하기라도 한 듯 아무것도 기록되어 있지 않았다. 무언가를 숨기려 하는 듯이 말이다.

석주는 메모리카드를 제자리로 돌려놓고 기지로 돌아오면서 곰곰이 기억을 되짚었다. 유진이 탐사를 다녀온 그날, 탐사선의 이동 좌표는 자신을 비롯한 팀원 그 누구에게도 공유되지 않았다. 1인 유인 탐사선의 안전 수칙 중 가장 첫 번째로 지켜야 할 것이 지켜지지 않은 셈이다. 그때 유진이 뭐라고 답했더라. 유진은 그걸 측정기의 분실로 인한 오류 혹은 전산망의 오류라고 했었다. 실제로 그런 경우가 흔치는 않지만 더러 있었으므로 크게 신경 쓸 것은 아니라고 생각해 대수롭지 않게 넘겨버렸다. 하지만 카메라를 꼼꼼히 확인하고 나서 의도적으로 유진이 탐사 중에 찍힌 영상을 지웠다는 생각이 들자 그저 스쳐 지나온 모든 게 아귀가 들어맞는 느낌이었다.

이건 무언가, 정말로 무언가 있다. 석주는 눈을 번득이며 늦은 시간까지 불이 켜진 유진의 연구실을 응시했다.

두 번째 만남

요동치던 바다와 땅의 기온은 한 달을 꼬박 넘기고 나서야 평온을 되찾았다. 온몸을 태워버릴 듯한 혹독한 더위도 한풀 꺾여 가을로 아주 천천히 바뀌고 있었다. 날씨의 변화와는 별개로 해수면은 계속 따뜻한 상태를 유지하고 있었다. 물론 그것은 바다의 표면 근처에 국한된 이야기였다. 발라비들이 사는 곳의 심해 언저리는 언제나 일정한 냉기를 유지하고 있었다.

이주 계획에 대한 소문은 점차적으로 넓게 퍼졌으나 장로들 선에서 별다른 공표가 없었기에 그와 관련된 이야기는 빠르게 사그라들었다. 분주히 움직이는 탐사대원들 사이에서도 공유되지 않은 사안이었다. 하지만 해역 탐사 자체에 대한 반경은 계속해서 넓어졌으므로 네하의 가족은 집을 비우는 시간이 늘어났고, 그로 인해 네하는 혼자 생각할 시간이 많아졌다.

가족이 집을 비운 사이 네하는 주기적으로 책장 책들을 뒤졌다. 가끔 키라가 집에 방문해 함께 책을 읽거나 수다를 떨기는 했지만 대부분의 시간은 네하 혼자 몰두했다. 목적은 하나였다. 인간에 대한 더욱 많은 정보를 찾는 것이었다. 키라와 함께 책장을 뒤지다가 금서나 다름없는 인간에 대한 책을 발견한 이후, 다른 정보를 추가로 찾으려는 노력을 하지 않았기에 책장을 더 살피지 않았다.

인간을 직접 만나고 온 네하는 이런 접촉이 예전에도 분명 있지 않았을까 하는 생각이 강하게 들었다. 마음 같아서는 다섯 장로들을 차례로 면담하며 궁금한 것을 한꺼번에 우다다 쏟아내고 싶었지만 당연히 그럴 수 없었기에 나름의 방법을 찾아야 했다.

가족이 자리를 비울 때마다 종종 키라의 도움을 받아가며 집 안 모든 책을 다 뒤졌지만 이렇다 할 정보는 없었다. 발라비 마을 내에 돌아다니는 정보에 대해 네하는 최대한 심혈을 기울여 수소문했지만 금지구역과 그 위에 서식하는 인간 그리고 그 밖의 생물들에 대해 아는 이는 역시 없었다.

지금까지 비밀이라고는 없던 키라와 유일하게 나누지 못하는 사건인 인간과의 접촉. 인간과 마주한 일도 벌써 한참 지났으나 인간에 대한 기억은 갈수록 또렷해졌다. 네하는 그에 관한 정보를 누군가와 나누고 찾아 나서는 대신 자신이 스스로 수집하기로 마음먹었다. 발라비 마을은 바다가 잠잠해짐에 따라 이전의 평온을 되찾았고, 장로들의 움직임 또한 눈에 띄게 줄었다. 탐사대의 반경이 넓어졌다는 이유로 발길을 잠시 끊었던 아지트도 다시 들락거리기 시작했다.

인간을 만나고 나니 아지트에 하나씩 소중히 수집했던 물건들이 다르게 보였다. 지금까지 단순히 금지구역 너머 네하가 알지 못하는 어떤 존재들로부터 대량으로 뻗어져 나온 무언가 혹은 쓸모없어진 무언가라 생각했지만 그 존재를 어렴풋이 알고 난 이후 완전히 다르게 느껴졌다.

네하는 좁고 아담한 아지트 곳곳에 일정한 배열로 배치되어 있는 물건들을 하나씩 쓸어내리며 그 용도를 머릿속에서 떠올렸다. 커다란 고리가 달려 있는 물건 앞에서 네하는 다섯 개의 길쭉한 손가락이 달린 자그마한 인간의 손을 떠올렸다. 자신의 손을 들고 인간의 손을 오버랩시켜 상상해봤다. 손가락 사이사이를 가로지르는 부드러운 갈퀴나 손등에 붙은 지느러미가 없이 매끈한 손. 그 손으로 저 고리를 어떻게 잡을까. 저 고리는 무슨 용도로 인간의 손 위에서 사용될까. 발라비와 닮았으면서도 물속에서 살 수 없고 깊은 물 밑으로 내려올 수 없는 인간의 신비한 몸을 눈을 감고 상상해봤다.

인간이 타고 있는 커다랗고 동그란 물건은 물과 차단되기 위해 만들어진 걸까. 그 안에서 인간은 꽤 편안해 보였다. 바깥과는 완전히 분리된 채 동그란 울타리 안에서 무언가를 들었다 내렸다 하고, 네하와 눈을 맞추던 인간. 그 인간도 분명 이름이 있을 것이다. 인간들은 이름을 어떤 식으로 지을까. 이름을 알 수 있다면 좋을 텐데.

네하는 인간의 눈동자를 응시하는 꿈을 반복해서 꿨다. 물 위의 빛을 받아 영롱하게 빛나는 눈동자. 시선을 피하지 않고 계속해서 눈을 맞추던 아름다운 색깔의 초롱한 눈동자. 눈동자의 색과 꼭 닮은 머리칼은 발라비 마을에서는 볼 수도 찾을 수도 없던 오묘한 색이었다. 전신이 동일한 색상으로 이루어진 발라비에 비해 인간의 면면은 얼마나 다채로운가. 그 다양한 색이 한데 어우러져 자신을 간지럽히고 또 사라지기를 반복하는 꿈을 꿀 때마다 기분 좋게 일어나 하루를 시작했다. 꿈속에서도 보이는 인간에 대한 간절함이 언젠가 꼭 우연을 가장한 필연으로 가닿을 수 있기를 바라면서 말이다.

비슷한 시각에 일정하게 잠에서 깨어나면서 유진 또한 네하를 꿈속에서 떠올렸다. 간절히 바라는 대상을 자꾸 떠올리면 언젠가 내 앞에 떡하니 나타난다던 미신을 유진은 믿지 않았다. 하지만 지금은 그 미신에 조금이나마 기대고 싶어졌다. 하루 이틀 사흘 날짜를 세고 기록하면서, 매일 조금씩 늘어나는 기록을 다시 되짚어 올라가면서, 늦은 저녁에 잠들고 아침에 일찍 일어나 하루를 시작하면서 네하를 생각했다.

유진은 마치 네하를 통해 새로운 삶을 부여받은 사람처럼 행동했다. 바다를 바라보는 간절함이 짙어졌고 이전과 다른 사람처럼 보이는 유진의 행동에 대한 이유를 기지 내 아무도 알 수 없었다. 누군가 알아주지 않는다 해도, 이 모든 걸 털어놓을 수 없다 해도 상관없었다. 언제고 다시 만날 테니까. 꼭 그렇게 되도록 만들 테니까.

그런 시간을 지내왔기에 네하와 유진의 두 번째 만남은 처음처럼 당황스럽고 혼란스럽지 않았다. 언제고 생길 아주 약간의 기회를 놓치지 않기 위해 준비하고 대비했기에 둘은 아주 오랜 시간 알고 지낸 친구처럼 서로의 시선을 이전보다 더욱 편안히 받아들였다.

잠수정 유리창을 사이에 두고 네하와 유진은 조금 더 가깝게 붙어 서로를 응시했다. 이 순간이 다시 찾아오기를 얼마나 고대했던가. 해류를 읽고 바다를 바라보며 아주 작은 흐름, 아주 작은 소리도 놓치지 않기 위해 안간힘을 썼던 둘은 그 자잘한 기회와 또 한 번 반복된 우연의 일치가 만들어낸 지금을 놀랍도록 담담히 받아들였다. 네하와 유진은 반드시 만나야 했던 처연한 이야기 속 존재처럼 눈을 맞췄다.

목표 수심 도착 알림음이 길게 여러 번 울렸지만 유진은 그걸 끌 생각조차 하지 못했다. 바로 밑에서 자신을 똑바로 바라보며 도착한 네하를 이동 중에 먼저 알아챘기 때문이다. 반가운 기색이 역력한, 그 어떤 무기나 보호 장비도 없는 네하를 보는 순간 모든 긴장이 단숨에 사라지는 것을 느꼈다. 유진은 자신도 모르게 잠수정에 접근하는 네하를 향해 손을 흔들었다.

네하의 곤두선 촉각은 결국 유진의 방문을 잡아냈다. 장로에게 잡힐 수도 있다는 생각, 키라가 말릴 수도 있다는 생각이 꼬리에 꼬리를 물고 이어졌지만 결국 몸이 먼저 움직였다. 이번이 아니면 안 돼. 지금이 아니면 기회가 없어. 수많은 걱정이 정리되고 결국 집념 하나만 남게 되자 네하는 지체하지 않고 금지구역으로 향했다. 앞뒤를 생각하며 행동할 겨를 따위는 없었다.

언제고 다시 올 순간이라는 걸 알고 있었다. 하지만 꿈에 그리던 네하를 다시 보자마자 유진은 벅차오르는 감정을 애써 꾹꾹 눌러 담아야 했다. 수천수만 번의 상상에서 빠져나와 실제로 벌어진 지금 이 순간의 일. 돌아가면 다시는 바다로 내려올 수 없는 징계를 당한다고 해도 좋았다. 이제는 기록도 정리도 필요 없었다.

오직 두 눈으로 확인하고 기억하자.

그게 유진과 네하의 머릿속을 가득 채운 단 하나의 생각이었다.

네하는 손을 쭉 뻗어 잠수정 유리창을 더듬더듬 짚었다. 완력으로 뚫을 수 없는 단단한 질감. 처음 만져보는 딱딱한 재질의 물건을 더듬으며 마치 와이퍼가 유리창을 면밀하게 닦듯 손을 여기저기 움직였다. 네하의 손 사이사이에 있는 지느러미 같기도 하고 갈퀴 같기도 한 독특한 점막이 유진의 잠수정 전면을 쓸었다 사라지기를 반복했다. 유진은 자리에서 일어선 채로 그런 네하의 행동을 가만히 관찰했다.

네하는 유진의 표정과 행동으로 적개심이 없음을 재차 확인하고 안심했다. 언제 또 마주하게 될지 모르므로 두 번째로 찾아온 우연을 최대한 즐기고 싶었다. 네하는 그대로 잠수정 주변을 한 바퀴 훑고 돌아와 다시 유진 앞에 멈췄다.

가만히 멈춰 유리창을 응시하는 네하를 바라보며 유진이 말했다.

"혹시 너도 날 기다렸니?"

이름조차 모르는 네레이드가 들을 리 만무했다. 저도 모르

게 튀어나온 혼잣말이었다. 유진의 말은 넓게 흩어지지 못하
고 즉시 잠수정 내의 답답한 공기 속으로 사라졌다.

"그래, 들을 수가 없겠지. 어떤 말이든."

한 번 더 유진이 중얼거렸다.

네하는 마치 물고기처럼 뻐끔거리는 유진의 입을 계속 주시
했다. 탄식의 혼잣말이 이어졌지만 네하가 그걸 알아들을 리
는 없었다. 네하는 인간의 언어를 들을 수 없었다. 인간이 내는
소리를 판별할 수는 있으나 눈앞에 놓인 유리라는 장벽이 둘
사이의 언어와 소리를 섞지 못하게 만드는 방해 요소였다.

하지만 무언가를 계속해서 시도하는 듯한 인간의 모습을 보
며, 네하는 이 거대한 유리창이 있기에 이렇게 어디에도 구속
되지 않은 상태로 서로를 마주할 수 있다고 믿었다. 만약 인간
이 이 바다에 구애받지 않는 존재였다면 진작 저 기계에서 빠
져나와 바닷속을 활보하며 자신을 관찰했을 거였다. 저 안에
서 꼼짝 않고 이쪽을 바라보며 무언가를 계속 전달하려고 노
력하는 인간의 모습. 이것이 아마 현재의 인간이 할 수 있는 최
선의 방법이 아닐까 싶었다.

잠수정을 바닥부터 위까지 훑은 네하는 다시 유진의 눈앞에
멈춰 섰다. 유진은 네하의 움직임을 살피며 앉았다 일어섰다
를 반복하다 다시 네하와 시선을 맞췄다. 둘에게 할당된 시간

은 많지 않았다. 하지만 아랑곳하지 않는다는 듯, 마치 오늘만 존재한다는 듯 네하와 유진은 오래도록 서로를 바라만 보고 있었다.

"인간."

이번엔 네하 쪽에서 중얼거렸다. 네하가 뱉는 말을 유진은 알아들을 수 없었다. 네하 또한 그걸 알고 있으면서도, 눈앞의 대상이 진짜인지 정말로 꿈이 아니라 실존하는 무언가인지 확인하고 싶은 마음에 자꾸만 불러보고 싶었다. 저들도 자신들을 이런 단어로 부를까. 저들도 무리 지어 생활할까. 이 인간이 다른 존재를 해치지 않는 습성을 가졌다면 그와 반대되는 존재도 있을까.

네하는 수많은 질문에 대한 해답을 얻고 싶었다. 이대로 인간과 함께 올라간다면 나는 어떻게 될까. 그걸 인간이 허락해줄까? 말도 안 되는 상상이 꼬리에 꼬리를 물고 이어졌다. 퍼뜩 떠오른 생각들을 잊어버리기 위해 네하는 도리질을 했다. 아무리 호의적이어도 인간을 믿고 발라비 마을을 떠날 수는 없었다.

그토록 바라던 육지로부터의 빛을 온몸에 받고 있으면서도 네하는 자꾸만 그 너머를 바라보고 있었다. 일주일에 몇 번 그것도 정해진 시간 동안 은은한 빛무리를 바라보며 금지구역 위의 무언가를 갈망하던 시간들은 이제 아득한 과거처럼 느껴졌다. 인간과 눈을 맞추고 가만히 시선을 교환하는 이 순간이 더없이 소중하게 느껴지면서도, 매분 매초가 금세 과거가 되어 아득한 심연으로 흘러가는 것만 같은 기분을 떨칠 수 없었다.

고작해야 몇십 분. 유진과 네하에게 할당된 시간이 모두 차기도 전에 먼저 키라가 신호를 보내왔다.

들켰구나. 네하는 가슴이 철렁 내려앉는 것 같았다. 아니다. 어차피 언젠가 한 번은 키라가 알아챌 거라고 생각했다. 네하는 아주 멀리서 반짝이는 작은 불빛을 향해 잠시 시선을 옮겼다. 네하가 방향을 튼 쪽을 향해 유진이 고개를 뻗었지만 유진은 아무것도 발견할 수 없었다.

돌아가야 했다. 네하는 키라의 단호한 표정과 화가 난 듯한 목소리를 떠올렸다. 키라가 장로에게 이야기했을지는 모르지만, 어쨌든 키라에게 그간 있었던 일들을 솔직하게 털어놓을 때가 왔다는 걸 알고 있었다. 하지만 여전히 이쪽을 바라보는 인간을 마주하고 있자니 쉽게 몸이 움직여지지 않았다.

네하가 주춤하는 사이 키라는 네하와 유진 근처까지 올라왔다. 원래 금지구역 위로 올라오려고 계획한 건 아니었다. 하지만 네하가 팔을 걸치고 있는 이상한 물체를 확인하자마자 불현듯 온몸을 휘감는 불안감이 키라를 덮쳤고, 앞뒤 생각할 겨

를 없이 키라는 전속력으로 네하의 바로 밑까지 단숨에 유영
해 왔다.

그리고 이제는 유진도 키라를 볼 수 있었다. 역시 동족이 있
었다는 반가움에 새로 이쪽으로 접근하는 네레이드의 생김새
를 살피고자 몸을 움직였다. 하지만 즉시 잠수정 내에서 복귀
를 알리는 알림음이 울렸기에 유진은 바로 알림을 끄고 빠르
게 잠수정을 상승시켜야 했다.

무언가 잘못되었다. 모든 잠수정의 알림을 이전처럼 해제하
고 수동으로 변환해두었다. 그렇기에 중앙 기지의 알림이 이
쪽까지 도달할 리가 없었다. 설마 들킨 건가? 알 수 없는 공포
가 유진을 휘감았고 제대로 된 인사를 나누지 못한 채 유진은
잠수정을 가속시켰다. 사라지는 유진을 넋놓고 바라보던 네하
는 가까이 온 키라가 팔을 잡아 끌고 나서야 정신을 차렸다.

"저, 저게 인간이야? 내가 본 게 인간이 맞아?"

당황한 키라는 목소리를 떨며 대답을 재촉했다. 네하는 그
런 키라를 잡아끌고 빠르게 발라비 마을 쪽으로 내려가며 키
라의 표정을 살폈다. 다행스럽게도 키라는 화가 난 표정은 아
니었다.

"네가 본 게 전부 다 맞아."

"언제부터? 어떻게? 아니, 이게 가능해?"

놀란 키라가 두서없이 내뱉는 말을 네하는 잠자코 듣기만
했다. 어디서부터 말해야 할까 머릿속으로 정리하는 동안, 네
하는 키라의 어깨 너머 완전히 사라진 잠수정 방향을 바라보
고 있었다. 두 번째 기회이자 마지막일지도 모르는 우연이었
다. 다음은, 다음은 언제 올까.

"뭐라고 말 좀 해봐."

발라비 마을 초입에 들어서고 난 후에야 자신을 다그치는
키라를 향해 네하가 입을 열었다.

"맞아, 인간이 맞다고."

키라는 네하의 몸 곳곳을 살피며 울 것 같은 얼굴로 말했다.

"하지만 어떻게? 너 괜찮아? 어디 다친 데는 없어?"

진심으로 걱정하는 키라를 보고 있으려니 키라가 장로나 다
른 발라비에게 이 사실을 알리지 않은 것 같다는 생각이 들어
네하는 안도했다. 네하는 계속해서 소리치는 키라를 진정시키
고 주변을 살핀 후, 차분히 그간의 일을 키라에게 털어놓았다.

인간과의 교류. 그걸 교류라는 말로 표현해도 좋을지 알 수
없었다. 하지만 네하의 입에서 흘러나오는 정보들은 키라를
혼란시키기에 차고 넘쳤으므로, 키라는 어떤 묘사나 단어 자
체에 신경 쓸 겨를이 없었다.

"너도 봐서 알겠지? 정말로 우리랑 똑같이 생겼어."

"아니, 그게 가능해? 그 기록이 사실이었다고? 왜 먼저 알리지 않았어?"

"알리면⋯⋯."

네하는 등 뒤를 습관적으로 살피며 목소리를 낮췄다.

"분명 네가 말릴 거였잖아, 위험하다고."

"아니, 위험한 거야 당연하지. 인간이잖아. 그건 인간이란 말이야. 발라비의 천적."

"그 기록은 틀렸어. 인간은 발라비의 천적이자 공포의 대상이 아니야. 내가 확인했다고."

네하가 자신감에 가득찬 상기된 얼굴로 키라를 바라보며 답했다. 네하는 진심이었다. 적어도 거짓말을 하고 있지는 않았다. 그편이 키라를 더욱 혼란스럽게 만들었다. 다만 네하가 이야기한 일, 조금 전에 목격한 이 모든 것을 그저 이대로 없는 일로 치부해도 좋을지 어떨지 판단이 서지 않았다.

기록이 틀렸다는 말은 정말일까. 장로들을 포함한 선대의 발라비들이 모르는 정보가 있을 수도 있을까. 키라는 네하의 말에 강한 의문을 품으면서도 자신이 직접 목격한 인간이라는 존재에 대해서 부정할 수는 없었다. 인간은 네하와 함께 책에서 본 그림처럼 정말로 발라비와 비슷했다. 책에서 본 내용과의 차이점은 공격성이 없다는 것이었다. 인간의 면면을 훑고 있는 네하를 어떤 방식을 써서든 공격할 수도 있었을 것이다. 하지만 그 인간은 그렇게 하지 않았다.

그 인간 말고 다른 무리가 있을까? 인간이라는 존재는 어떻게 생활하는 걸까? 네하가 떠올렸던 의문은 그대로 키라의 것이 되었다.

네하는 반짝이는 눈으로 인간과의 첫 번째 그리고 두 번째 만남, 그 만남에서 획득한 것들에 대해 이야기를 늘어놓기 시작했다. 장로를 포함한 그 누구에게도 이 사실을 고하지 않을 거라는 믿음이 있었기 때문이다. 하지만 키라는 네하가 가져온 새로운 물건을 바라보고 인간과의 접촉에서 인간이 소통을 시도하려고 노력했던 일들에 대해 진득히 들으면서도, 어딘가 꺼림직하다는 느낌을 지울 수 없었다.

"언제고 또 볼 수 있겠지? 우리가 친구가 될 수도 있겠지?"

잔뜩 신난 얼굴로 재잘거리는 네하를 바라보며 키라는 어떻게 답해야 할지 고민하다가 말없이 고개를 끄덕였다. 이럴 때 앞일을 예견하는 능력이라도 있었다면 얼마나 좋을까. 아주 잠깐이라도 말이다.

경
고

기지 근처에 도착해 잠수정 문을 열자마자, 유진의 핸드폰이 계속해서 울려댔다.

―서유진 팀장님, 어디세요?

―팀장님, 급해요.

―최대한 빨리 회신 바랍니다.

한꺼번에 쏟아지는 메시지 알림 사이에는 김석주의 것도 있었다.

―이거 전부 진짜입니까?

그 메시지를 확인하자마자 유진의 가슴이 철렁 내려앉았다. 앞뒤 전부 자르고 다급하게 보낸 메시지지만 유진은 그 메시지가 가리키는 바를 정확히 알 것 같았다.

'아니, 아닐 거다. 다른 급한 일이 생겼을 거야.'

불안한 감정이 유진의 머리부터 발끝까지 휘감았다. 유진은 고개를 돌려 잠수정을 다시 확인했다. 카메라는 가져오지 않았고 모든 영상 동기화도 꺼두었다. 해역이 평온해졌는지 가늠하기 위한 단순 탐사였다, 유진은 이 말을 계속해서 입속으로 되뇌었다.

기지로 들어와 황급히 자신의 연구실로 향하며 유진의 걱정은 확신으로 바뀌고 있었다. 너무 서두른 걸까. 뭘 놓고 왔더라. 기억해내자, 서유진. 무슨 실수를 했는지 기억해내야 해.

곧 유진의 핸드폰이 울렸다. 석주의 전화였지만 유진은 그 전화를 애써 무시했다. 여느 때보다 빠른 속도로 연구실에 다다랐고 항상 굳게 닫혀 있던 연구실 문이 열려 있는 것을 확인했다. 유진은 앞뒤 잴 겨를 없이 곧바로 연구실 안으로 뛰어 들어갔다.

책장의 가장 윗칸 오른쪽, 청소 도구를 쌓아두는 상자, 열려 있는 캐비닛과 캐비닛 위에 보이지 않도록 수납해둔 낡은 종이 박스. 유진은 자리에 털썩 주저앉을 수밖에 없었다. 연구실은 난장판이 되어 있었다. 네레이드의 기록을 숨겨둔 곳은 특별히 더 그랬다. 유진의 손과 눈이 닳도록 드나들었던 그 공간들에 쌓인 모든 기록이 전부 사라져 있었다.

—팀장님, 빨리요. 어디세요?

—팀장님, 국장님이…….

석주를 제외한 다른 팀원들과의 대화방에서도 계속 유진을 찾았다. 생각, 생각해야 한다. 변명을 생각해야 한다. 유진은 수많은 경우의 수를 머릿속에 떠올리며 잠시 멈춰 심호흡했다. 그래. 터무니없는 일이잖아. 그냥 망상에 불과하다고, 소설에 불과하다고, 너무 심심해서 머리가 돌아버린 거라고 말하면 어떨까? 그렇게 말하면 넘어갈 수 있지 않을까?

핸드폰에서 계속 유진을 부르는 알림이 울렸다. 유진은 긴장된 어깨를 두어 번 털고 손에 흥건히 맺히는 땀을 바지에 여러 번 닦은 채 복도를 달렸다. 복도 어귀에 서 있던 팀원 두 명이 회의실 쪽을 가리켰다.

유진은 회의실 문 앞에서 호흡을 가다듬었다. 그리고 최대한 자연스럽게 철문을 열었다. 별일 아니라는 듯한 표정을 지으며 미소를 내비칠까도 고민했으나 회의실 정중앙에 펼쳐져 있는 유진의 자료와 그림들을 마주하니 어떤 표정도 가공해지을 수 없는 상태가 되었다.

"인간과 닮은 생명체라고요? 왜 진작 보고하지 않았나요?"

몇 주 만에 중앙 기지에 얼굴을 내비친 국장의 낮은 목소리가 네레이드의 그림에 시선을 고정하고 있는 유진의 귓가에 들려왔다. 유진은 고개를 들어 국장의 표정을 확인했다. 국장의 등 뒤에 빼꼼히 고개를 내밀고 있는 석주가 유진의 시야에 들어왔다.

석주는 웃고 있었다. 마치 이 세상을 다 가진 듯한 표정으로. 그 어느 때보다 더 비열한 웃음을 흘리고 있었다.

*

서유진 팀장이 바닷속에서 인어를 발견했다는 이야기는 기지에 빠르게 퍼졌다. 그 이야기가 정말로 사실인지는 중요하지 않았다. 이렇다 할 발견이 없는 상태로 상부에 압박만 받고 있던 연구소의 대다수에게 유진에 대한 소문은 한 줄기 빛과도 같았다. 무언가를 계속해서 연구하고 있었음을 증명하는 일, 그 연구가 헛되지 않았다는 일을 말해주는 것이기 때문이다.

유진은 빼곡한 기록과 그림이 자신의 상상에서 비롯된 일이며 터무니없는 공상에 가깝다고 주장했다. 하지만 석주는 단지 이 모든 기록이 유진의 공상에 불과하다면 왜 그런 수상한 행동을 했느냐며 따져 물었고, 그에 대해 유진은 기기에 오류가 있었다는 설명을 여러 번 반복해서 했으나 받아들여지지 않았다. 국장은 그런 유진을 다독이며 이건 지금의 인류를 진

일보시킬 정보이며 어느 나라에서도 먼저 선점하지 못한 정보이자 자원을 발견한 거라고 말했다.

"아니요, 그건 절대, 절대로 인간이 함부로 건드려선 안 되는 생명체입니다."

국장의 입에서 '자원'이라는 말을 듣자마자 유진은 강하게 반발했다. 유진의 말은 결국 네레이드의 존재를 시인하는 꼴이 되어버렸지만 머릿속에 단 하나의 생각만 가득한 유진에게 그런 건 중요하지 않았다.

애원하듯 매달리는 유진에게 내려온 건 일시적인 팀장 업무의 배제와 수개월간의 탐사 금지였다. 유진이 가지고 있던 자료를 바로 공유하지 않고 숨겼다는 사실 때문에 자료에 대한 접근도 제한되었다. 바닷속에 돌아다니는 독특한 생명체를 찾기 위해 국장은 기지 내의 모든 잠금장치를 풀었다. 하루에 몇 번씩 일어나는 심해 탐사의 지휘를 석주가 도맡아 하게 된 것은 물론이었다.

기상 악화와 해류의 급격한 변화가 언제 다시 일어날지 모르는 일이었고 아무도 안전을 보장할 수 없는 상황이었지만, 국장은 탐사를 강행했다. 잠수정 여러 대가 급류에 쓸리거나 측정기를 전부 떨어뜨리는 등 손상과 피해가 막대한 상태로 돌아와도 '그것'을 발견하고 포획하기만 한다면 이런 자잘한 내

상쯤은 아무것도 아니라는 듯 굴었다. 유진은 연구실에 틀어박혀 이 모든 상황을 보고받고 창밖으로 그저 지켜보기만 했다. 플라스틱 쓰레기와 기름 찌꺼기가 길게 늘어져 있는 바다의 표면을 탐사 팀은 열심히 헤집고 있었다.

유진은 빼앗긴 카메라와 각종 자료가 꽂혀 있던 연구실 한쪽을 바라봤다. 밖은 하루가 멀다고 소란스러운 반면, 연구실 근처나 중앙 기지에 남아 있는 사람은 많지 않아 비교적 조용했다. 유진은 그 소음을 등지고 난장판이 된 자신의 연구실을 조금씩 정리하기 시작했다. 처음 네레이드를 발견했던 날 어떻게든 비슷한 기록이 있을까 찾기 위해 노력한 흔적과 네레이드의 이름을 짓기 위해 뒤적였던 서적들이 차례로 유진의 손끝에 만져졌다.

국장과 석주의 지휘하에 대대적으로 진행되는 탐사의 비공식적인 명칭은 '인어 찾기'였다. 인어라니. 유진은 들고 있던 종이를 뿌득 구겼다. 바닷속에 인어가 있대. 서유진 팀장이 그걸 봤대. 인어가 있다는 건 바닷속에 우리가 먹을 게 풍부하다는 걸까? 어느새 굳혀진 인어라는 명칭이 유진의 신경을 거슬리게 만들었다.

아무도 유진이 붙인 이름인 네레이드라고 부르는 사람은 없었다. 이름이야 사실 중요하지 않았다. 어쩌면 유진이 모르는 사이 그 존재를 발견한 사람이 자신의 이름을 붙이거나 혹은 다른 이름을 고심해 붙였을 수도 있다. 물론 네레이드의 사진을 처음 봤을 때 유진도 그런 생각을 했었다. 하지만 인어라니. 그런 단순한 단어로 설명할 수 있는 게 아니란 말이다. 두 번이나 마주한 그 존재는 단지 물고기의 모습을 하고 있는 어떤 돌연변이가 아닌, 그 자체로 고귀하고 아름다운 생명체였다.

책 사이에서 사진 한 장이 떨어져 나와 유진의 발 앞에 떨어졌다. 유진은 허리를 숙여 작은 사진을 들어 올렸다. 최초로 분실된 측정기가 보내왔던 사진. 자세한 부분은 전부 흐릿한 화질이지만 그 윤곽만은 뚜렷해 단숨에 인간의 얼굴과 닮았음을 인지할 수 있었던 네레이드의 사진이었다. 이후 찍은 모든 사진과 영상들은 컴퓨터 하드에 저장해두었지만 이것만은 고장나기 직전인 휴대 출력기로 인화해 가지고 있었다. 그 순간의 기분을 잊지 않기 위해 말이다.

유진은 구겨진 사진을 잠시 바라봤다. 영상을 사진으로 변환해 출력한 것이니 이 내용을 원래 알고 있지 않다면 그냥 노이즈나 오류로 기록된 사진으로 치부하기 십상이었다. 그러니 여기저기 다 뒤져서 자료를 빼간 그 난리 속에 유일하게 이 사진은 비켜 갈 수 있었을 터다. 누구에게도 발견되지 않은 채 오직 유진에게 남아 있는 네레이드에 관한 자료가 이것뿐이라는 사실에 어색한 실소가 났다.

갑작스러운 소나기로 창밖이 소란스러워졌다. 먼바다에서 구조탄을 쏘아 올리는 걸 보니 오늘도 탐사에 나간 잠수정이 별다른 소득 없이 돌아온 것 같아 유진은 가슴을 쓸어내렸다. 유진과 만난 네레이드는 분명 심해뿐만 아니라 바다 위까지 두루 살필 수 있는 능력이 있어 보였다. 그리고 자신의 생각을 이쪽으로 표출하는 방법도 알고 있는 게 확실했다. 해역에서 이 난리가 난 것을 알면 아마 어떤 방도를 세울 것이다. 그 점은 확실했다.

하지만 역시 걸리는 게 있었다. 다른 네레이드들은 모르겠지만 적어도 유진이 만난 그 네레이드는 이미 두 번이나 탐사 잠수정을 마주했다. 그렇기에 상대적으로 다른 네레이드보다 저 잠수정에 대한 적개심이나 조심성이 떨어질 수도 있었다. 유진은 지난 만남을 복기했다. 분명 유진이 중심해 일정 부분에 내려가 잠시 머무는 순간, 네레이드가 이쪽을 향해 달려왔다. 유진과 눈을 맞추고 유진을 기다렸다는 듯이 말이다.

유진은 반가운 듯 상기된 몸짓으로 잠수정을 향해 헤엄치는 네레이드의 모습을 떠올렸다. 저 잠수정 몇 대가 심해 밑으로 내려가 도달할 때 그걸 나라고 생각하면 어쩌지? 그렇게 생각하니 등에서 식은땀이 흘렀다. 무인 잠수정이든 유인 잠수정이든 잠수정 근처에 접근하는 네레이드를 그냥 보낼 리가 없었다.

무인 잠수정은 계속해서 실패하고 있으나 석주를 비롯한 누군가가 직접 잠수정에 탑승하게 된다면 상황은 다르다. 석주와 몇 번 함께했던 탐사는 기억하기 싫은 끔찍한 사건으로 남아 있었다. 하지만 유진의 기억 속에 석주는 잠수선을 포함해 바닷속에서 움직이는 기계에 대한 이해도가 높았고 대응력 또한 빨랐다. 특히 목표 달성을 위해 혈안이 된 석주라면 결코 실수 없이 네레이드를 포획해 올 것이 분명했다.

창문을 뚫을 듯한 빗소리를 들으며 유진의 상상은 계속해서 이어졌다. 수년 전 눈앞에서 죽어가던 몇몇 멸종위기종들, 기지로 옮겨진 사체를 도륙하다시피 했던 연구원들의 무표정한 얼굴과 손놀림. 그나마 온전했던 근방의 바다가 그렇게 삽시간에 망가진 이유는 멀리 있지 않았다. 그들의 눈에 한낱 작고 힘없는 물고기였던 것들도 그리 대했으니 네레이드는 오죽할까. 해부를 위해 유진이 알지 못하는 수많은 기계들을 가동하고 운용할지도 모르는 일이다. 그들은 그러고도 남을 인간들이었다. 그 이후를 상상하던 유진은 눈을 질끈 감고 고개를 빠르게 저었다. 안 돼. 그렇게 두면 안 된다.

유진은 네레이드를 처음 만났을 때를 떠올렸다. 그때부터 지금까지 줄곧 유진의 머릿속에서 떠나지 않는 말이 있었다. 인간이 건드리면 안 되는 존재라는 말. 국장 앞에서 내뱉은 그 말. 네레이드는 인간이 범접할 수 없는 곳에서 존재해야 한다는 생각에 유진은 그 말을 혼잣말로 수도 없이 되뇌었다. 그런 아름다운 존재를 발견하고 관찰하고 묘사하는 호사를 누렸으나 딱 거기까지여야 했다. 당연스럽게도 유진은 더 앞으로 나갈 생각이 없었다. 언어, 생태, 환경이나 문화를 몰라도 상관없었다. 네레이드가 그 존재 자체로 지금까지와 다르지 않은 삶을 누릴 수만 있다면 바랄 것이 없었다. 지구상의 모든 생물이 마땅히 그래야 했지만 그럴 수 없도록 만든 것이 인간 아니었나. 유진이 그토록 사랑하는 바다가 혼탁하고 검게 변한 것도 결국 인간의 탓 아니던가.

육지야 원래 변한 지 오래지만 바다의 생태가 그렇게 되고 난 이후 유진은 줄곧 죄책감에 시달렸다. 자신이 사랑하는 대상을 그렇게 만든 자들을 증오하기 이전에 유진 자신도 인간이었으니까. 혼자 고고하게 세상이 이렇게 된 까닭에 나는 상관없다고 발뺌할 수 없었다. 학자이자 연구자로서의 사명과 생존이라는 이기적인 본능 사이의 충돌도 기억하고 있었다.

유진은 들고 있던 사진을 곱게 접어 주머니에 찔러 넣었다. 지금 당장 할 수 있는 일을 해야만 했다. 그러니까 어떻게? 지금은 근신 처분이 내려진 징계 대상의 팀장일 뿐이었다. 잠수정에 접근은커녕 탐사에 필요한 최소한의 장비도 지원받을 수 없었다.

하지만 아이러니하게도 유진이 할 수 있는 일은 단 하나밖에 없었다. 바다에 나가자. 바다에 나가서 네레이드를 더 먼 곳으로 보내자. 그리고 그들이 영영 이곳으로 접근할 수 없도록 경고하자. 끔찍한 상상을 애써 뿌리치고 유진의 머릿속을 잠식한 단 하나의 결론은 결국 심해로 향하는 것이었다. 그건 유진만이 할 수 있는 일이기도 했다.

그 네레이드가 유진을 알아보고 유진을 향해 달려와줄까. 정말로 그래줄까. 확률은 50퍼센트에 불과했다. 아니, 어쩌면 더 적을 수도 있다. 하지만 유진은 더 나은 선택을 떠올릴 수 없었다. 그 존재를 다시 만날 확률이 단 1퍼센트에 불과하더라도 말이다.

어쩌면 마지막 탐사가 될지도 몰랐다. 유진은 그로부터 며칠 동안 연구실에서 꼼짝하지 않고 바다를 살피며 해류가 잠잠해지기만을, 모두가 바다에서 눈 돌리기만을 기다렸다.

수
면 위
로

수를 셀 수 없을 정도로 많은 잔해들이 심해를 뒤덮기 시작했다. 난생처음 보는 물건들이 위에서 아래로 쏟아져 내려왔고 그것들 중 몇 개는 발라비 마을 근방에 안착하기도 했다. 그것을 천적의 침입이라 착각한 발라비들은 동요했고, 몇몇 발라비들의 소란은 곧 발라비 마을을 뒤덮었다.

발라비의 다섯 장로 중 누구도 이 상황을 미리 예측한 사람은 없었다. 요 며칠 해류의 상태가 심각하게 뒤엉킨 까닭일 거라 추측했지만, 그 추측은 금지구역 너머에서 떨어져 내려온 물건들을 발견하고부터 사그라들었다. 이건 재앙이었다. 이전과 같은 형태의 삶을 이어가지 못할 거라는 재난의 신호였다.

베디는 이 상황이 낯설지 않았다. 아니, 오히려 익숙했다. 지

금만큼은 아니지만 과거에 분명 이런 상황이 연속적으로 일어
난 적이 있었다. 그리고 반복된 이상 현상 속에서 갑자기 튀어
나와 베디를 잡으려던 낯선 존재. 양손에 기다란 무언가를 들고
베디와 베디의 형제들을 위협했던 존재를 다시 떠올렸다. 몇
개월 동안 베디의 머릿속에서 떠나지 않던 단어의 주인, 인간.

확신할 수도 확인할 수도 없었다. 하지만 이것만은 분명했
다. 지금은 그때처럼 우연히 발라비들을 구해줄 상어 떼, 발라
비에게도 인간에게도 천적인 그런 생물들이 사라지고 없다는
것이다. 이 해역에 남은 건 한정적이었다. 살기 위해서는 움직
여야 했다.

언제고 커다랗고 기이한 무언가를 타고 내려와 또 발라비들
을 낚아채고 위협할지 모른다. 발라비들이 이 깊은 바닷속에
적응한 만큼 인간도 자신의 능력을 발전시켰을지도 모른다.

발라비 마을 광장 근처의 해구가 무너지자 베디는 더 이상
지체할 수 없다고 생각했다. 소란스러운 발라비들을 우선 잠
재우고 현 상황을 돌파할 대책을 강구해야 했다.

"그러니까 베디 장로님 말은…… 역시 그것밖에 방법이 없
다는 건가요?"

한참 고민하던 토리사 장로가 베디를 바라보며 나지막하게
말했다. 베디의 표정은 굳건했다.

"최대한 빠르게 이주해야 합니다. 지금보다 더 안전한 곳을 찾아서요. 물론 안전한지는 일단 가봐야 알겠지만요."

"하지만 베디 장로, 발라비 모두를 데리고 그런 모험을 하는 게 맞는 걸까요?"

"이전에 한번 이야기드린 적이 있지요, 인간이라고."

"인간⋯⋯."

베디를 제외한 하스, 리먼, 하케 그리고 토리사 장로의 표정이 순식간에 굳었다.

"그들이 나타난 것 같아요. 가능하면 빨리 결단을 내려야 합니다."

발라비 마을의 이주. 쉬운 일이 아니라는 건 모두가 알고 있었다. 하지만 그럼에도 베디가 이렇게 강하게 주장하는 데는 이유가 있을 터였다. 지금까지 살아오던 방식을 완전히 바꾸고 더 차갑고 어두운 기온에 적응해야 한다는 사실이 다른 장로들의 발목을 잡았지만 '살기 위해서'라는 가장 큰 이유에 모두가 동의했다.

"장로님, 이게 도대체 무슨 일인가요?"

"우린 이제 죽나요? 저게 다 뭔가요?"

수많은 발라비가 발라비 마을의 광장 앞으로 나선 다섯 장로들을 붙잡고 울상이 된 표정을 지었다. 베디는 등 뒤의 네 장로들을 차례대로 바라보고, 본래의 모습을 알 수 없게 되어버린 광장 너머의 해구에 시선을 고정하며 말했다.

"이제 이곳을 떠나야 할 것 같습니다. 모두 이쪽으로 모여주세요."

베디의 단호한 말을 들은 발라비들은 눈빛을 교환하며 장로들 가까이 자리를 잡았다. 그러자 멀리서 베디와 다른 발라비들의 동요를 바라보고 있던 네하의 표정이 순식간에 굳었다. 네하의 팔을 감싸고 있던 키라가 그런 네하를 살피며 조심스레 물었다.

"너 설마…….아니지?"

네하는 키라의 말에 대답하지 않고 광장을 박차고 어디론가 향했다. 키라는 그런 네하를 잡아 세우려 했으나 키라의 손에 잡히는 건 아무것도 없었다. 빠르게 사라져가는 네하와 발라비들에게 회의 내용을 공표하는 베디 사이에서 갈등하던 키라는 눈을 질끈 감고 다급하게 베디 쪽으로 헤엄쳐 갔다.

어두운 밤바다는 요동치고 있었다. 모든 팀원이 잠들었음을 여러 번 확인한 유진은 일어나 각종 파일을 저장하는 자료실의 기기 앞에 다다랐다. 징계를 받은 이후 낮 동안은 보는 눈이 있어 이곳을 찾을 수 없었다. 자료를 둘러보기 위해 문이 닳도록 찾던 곳이었다. 이곳에 숨죽이며 잠입한 이유는 평소와는 아주 다른 이유에서였다.

한번 실행하면 돌이킬 수 없다. 지금보다 더한 징계를 받을 수 있고 기지에서 추방될 수도 있다. 하지만 해야만 한다. 기지에서 자신의 이름이 삭제되고 지금까지 유진이 누리거나 가진 모든 권한이 사라진다고 해도 그래야만 한다.

유진은 침을 꿀꺽 삼키고 네레이드에 관한 파일을 모조리 찾았다. 중앙 컴퓨터에 연결된 클라우드 안에는 유진에게서 빼앗아 간 정보들이 빼곡히 정리되어 있었다. 유진은 파일이 담겨 있는 폴더의 삭제 버튼을 눌렀다. 그리고 불과 수 초 내에 말끔히 비워진 휴지통을 재차 여러 번 확인했다.

컴퓨터를 끈 후 기다시피 하여 자료실의 철재 캐비닛 아래 다다른 유진은 그 안에서 자신의 기록물을 하나둘 꺼냈다. 네레이드를 관찰한 것을 옮겨 그린 그림, 네 번 접어 포개둔 전도와 영상을 수백 번 돌려 보며 지웠다 다시 쓴 기록들. 두툼한 기록을 모두 가방 안에 욱여넣고 빠뜨린 것이 있나 확인했다. 그리고 가방을 단단히 멘 후 기지 밖으로 빠져나왔다.

비는 며칠째 그치지 않고 계속 내렸다. 먼지가 가득 응축된 빗물이기에 눈 바깥쪽이 쓰라렸지만 그런 걸 생각할 틈이 없었다. 유진은 잠수정으로 달음질치며 주머니 속에 잠수정을 열

수 있는 카드 키와 시동 열쇠가 제대로 있는지 다시 확인했다.

　잠수정 앞에 다다른 유진은 거친 숨을 진정하며 주변을 살폈다. 인기척이 없는 것을 확인한 후 두근거리는 마음으로 잠수정 벽면에 카드를 댔다. 그러자 경쾌하고 낮은 알림음이 울리며 부드럽게 문이 열렸다. 이제 절반은 성공이다. 유진은 뒤도 돌아보지 않고 빠르게 잠수정에 올라타 문을 닫은 후 시동 버튼을 눌렀다.

　밖에서 부는 비바람이 잠수정의 소음을 덮어주었다. 이대로 바다에서 죽을 수도 있을 거라는 생각이 잠시 들었다. 하지만 되돌릴 수 없었다. 유진의 머릿속은 온통 네레이드를 보호해야 한다는 생각으로 뒤덮였다. 그 생각에 사로잡힌 유진에게 앞뒤를 생각할 시간 따위는 없었다.

　아마도 이 기지에서의 마지막 출정일 터였다. 유진은 흥건히 젖은 손바닥을 두어 번 닦았다. 유진은 가방을 던지듯 내려놓고 익숙하게 손을 움직였다. 잠수정은 곧 기지에서 떨어져 나와 급강하하기 시작했다.

　'제발, 마지막이어도 좋으니까 이 우연이 제대로 들어맞길.'

　유진이 중얼거렸다. 잠수정은 비바람과 돌풍이 요동치는 바다의 표면에서 곧 멀어져 일정한 속도로 아래로 향했다.

　"잡았다."

그걸 바라보고 있던 석주가 상기된 얼굴로 단말마를 내뱉었다. 석주는 빗물을 연신 훔치며 각종 포획 장비를 가득 실은 4인 잠수정의 문을 곧바로 열었다. 반드시 오늘 잡는다. 매섭게 눈을 빛낸 석주는 곧 유진의 뒤를 따라 바닷속으로 미끄러지듯 내려갔다.

네하는 빠르게 금지구역을 지났다. 아무 생각 없이 어떤 도구도 챙기지 않고 한달음에 조금씩 위로, 더 위로 헤엄치고 있었다. 유진을 처음 만난 곳이 가까워질수록 네하의 시야를 덮는 장애물 또한 많아졌다. 불과 며칠 전과는 너무도 다른 모습이었다.

금지구역을 지나 유진과 처음 만났던 곳에 다다르자 네하는 움직임을 멈췄다. 바다는 눈앞을 볼 수 없을 정도로 기이한 물건들로 뒤덮여 있었다. 지난 수년 동안 네하가 수집하고 흥미를 가졌던 물건도 더러 보였지만 이제는 이것들이 하등 쓸모없게 느껴졌다. 네하가 기다리는 건 오직 인간이었다. 인간을 한 번만 더 만나고 싶었다.

네하는 그제야 등 뒤를 확인했다. 망가질 대로 망가져버린 바다가 너무도 이질적으로 느껴졌다. 키라는 네하를 쫓아오지 않았다. 베디에게 갔을까? 내가 인간을 만나려고 한다는 걸 다른 장로들에게 전했을까? 돌아가면 어떤 징계를 받을까? 어쩌면 발라비 마을에서 추방될 수도 있을 것이다. 하지만 이 모든 불안과 공포, 두려움은 충분히 견딜 수 있었다. 딱 한 번, 단 한 번의 우연이 제발 이번에도 일어난다면 말이다.

인간을 마지막으로 만날 수 있는 건 오늘이 유일하다. 네하의 머릿속에는 그 생각밖에 없었다.

인간과의 두 번째 만남은 무수한 신호를 판별하고 촉각을 최대한 곤두세웠기에 가능했었다. 하지만 지금은 그런 것 없이, 무턱대고 찾아왔을 뿐이다. 오늘이 아니면 안 된다는 일념만으로 앞뒤 생각하지 않고 헤엄쳤다. 그렇기에 인간을 만날 가능성은 더없이 희박했다. 바다 위의 빛이 조금도 내려오지 않는 이런 날에 말이다.

네하는 애써 평온을 찾으려 노력하며 눈을 감았다. 소리, 소리를 듣자. 바닷속의 파동을 느끼자. 아주 작은 움직임이라도 잡을 수 있도록 집중하자. 네하는 어둠 속에서 유진과 처음 만나던 순간을, 유진이 들어가 있던 커다란 몸체가 아래위로 움직이는 그 장면을 떠올렸다. 그 기계가 내던 소리, 기계의 밑에 달린 작은 조각이 내뿜던 불빛, 그 안에서 평온해 보이던 인간, 뻐끔거리는 인간의 입, 무언가를 전달하기 위해 애를 쓰던 인간의 손짓.

그때 네하 바로 위에서 익숙한 파동이 느껴졌다. 그걸 느끼자마자 네하는 바로 위쪽으로 몸을 틀어 전속력으로 돌진했다. 왔다. 이거다. 네하만이 알 수 있는 소리, 인간이 들어 있는 동그란 기계가 이쪽으로 곧장 다가오는 소리다.

의문이 확신으로 바뀌는 순간, 네하와 유진은 인간과 발라비의 구역 중간 지점에서 다시 마주쳤다.

'됐다.'

'됐어.'

서로를 확인한 둘은 아무 생각도 할 수 없었다. 다시 만나지 못할 거라는 걱정이 직전까지도 가득했기에 그것과 정반대되는 상황이 펼쳐지자 네하와 유진은 얼어붙은 듯한 표정으로 그저 서로를 마주 볼 수밖에 없었다.

달빛이 닿을 리 없는 고요하고 어두운 바닷속에서, 잠수정의 전면을 덮고 있는 약간의 미등을 통해 은은하게 보이는 네하의 모습은 더없이 신비했다. 유진은 보석같이 빛나는 네하의 눈빛을 아주 잠깐 홀린 듯 바라봤다.

네하는 유진을 두 번째 만났을 때보다 더 가까이 유진 앞에 밀착했다. 그리고 커다랗고 투명한 유리창을 감싸 끌어안았다. 처음 느껴지는 차갑고 묘한 질감에 덜컥 두려움이 들었지만 이제는 아무래도 좋았다. 이대로 발라비들로부터 퇴출된다 해도 말이다.

유진은 네하의 표정이 변화하는 것을 바라보고 있었다. 어떻게 모를 수 있겠는가. 수백 번 수천 번이고 더 떠올린 모습이다. 단 세 번의 만남만으로 이토록 경계심을 풀 수 있다니. 눈 앞에서 반짝이는 이 존재는, 도대체 어디서부터 어떻게 생겨났을까.

그러다 유진은 퍼뜩 정신을 차렸다. 시간이 없었다. 또다시 겹친 우연 앞에 넋을 놓고만 있을 수는 없었다. 다시 만날 수 있을지 어떨지는 모르지만 중요한 건 지금이었다. 지금 바로 네레이드에게 경고를 해야 했다.

하지만 어떻게? 유진은 말하는 법을 잊어버린 사람처럼 입을 벌린 채 네하를 바라봤다. 창문을 두드리면 알아차릴 수 있을까. 아니면 크게 고함을 질러야 할까. 무서운 표정, 화난 표정을 지으면 네레이드가 혹시 놀라 멀리 도망치지 않을까. 유진은 지끈거리는 머리를 감싸안으며 생각했다. 도대체 어떻게 해야 네레이드에게 위험하다는 말을 전달할 수 있을까. 인간을 피해 멀리, 아주 멀리 도망치라는 말을 전달할 수 있을까.

그때, 잠수정의 오른쪽에서 무언가가 물보라를 일으키며 이쪽으로 튀어나왔다. 갑작스러운 움직임에 당황한 네하는 유진의 잠수정 왼편으로 급히 몸을 숙였다. 그러자 유진은 잠수정을 급히 돌려 뒤쪽을 바라봤다. 그곳에는 유진이 탄 잠수정의 두 배 정도 되는 크기의 다인 잠수정이 멈춰 있었다. 선내가 어두워서 잘 보이지 않았지만, 그 안에 있는 것이 누구인지는 짐작할 수 있었다.

김석주. 그 이름을 입에서 굴리자 온몸의 피가 다 빠져나가는 기분이 들었다. 어떻게 된 거지? 어떻게 저자가 여기 있지? 머릿속에 무수한 물음표가 떠올랐지만 한가롭게 그런 걸 생각하고 있을 시간이 없었다. 석주는 계속해서 네레이드를 공격하고 있었다.

네하는 커다란 잠수정에서 뿜어져 나오는 무언가 미끌거리고 단단한 물체가 자신에게 향해 있는 것을 바라봤다. 눈앞의 인간과 거의 흡사하게 생긴 또 다른 인간이 그 안에 있었다. 네하는 어둑한 그늘 사이에 이상한 표정을 짓고 있는 그의 표정을 읽을 수 있었다. 한눈에 봐도 눈앞의 유진과는 달랐다. 저런 부류가 기록에 적혀 있던 그 인간이라는 존재일까? 모두가 두려워하는, 장로들도 쉬쉬하는 그런 존재가 바로 저런 걸까?

"안 돼!"

유진이 크게 소리 질렀다. 그 소리를 네하도 듣긴 했으나 그게 어떤 의미인지 알 수 없었다. 다만 네하는 유진의 표정 변화를 주의 깊게 바라봤고, 이게 어떤 상황인지 정확히는 몰라도 유진이 내지르는 비명이 경고의 메시지라는 것만은 직감할 수 있었다.

석주는 잠수정을 틀어가며 네하를 계속해서 공격했다. 잠수정 하단부에 위치한 개조된 포획 틀과 작살형 그물을 계속해서 네하 쪽으로 쏘아 보냈다. 네하는 유진의 잠수정을 따라 빙빙 돌며 그것들을 가까스로 피했다.

유진은 잠수정을 돌려가며 네하를 보호할 수 있도록 움직였다. 주로 해양생물 포획을 위해 출정하곤 했던 석주의 잠수정, 그러니까 그가 주로 운용하던 저것에 대해 유진은 거의 아는 바가 없었다. 혹시 독이라도 살포하는 게 아닐까, 이상한 기체를 수중에 띄우기라도 하는 게 아닐까 하는 불안감이 유진을 감쌌다. 어떻게든 이 상황을 타파해야 했다. 하지만 어떻게? 계속해서 이렇게 뱅뱅 돌고 있을 수만은 없었다.

네레이드는 도대체 이런 상황에서도 왜 떠나지 않는 걸까. 계속해서 석주를 주시하며 그를 피하는 네하를 보고 유진은 마음을 졸였다. 저 잠수정은 분명 이보다 한참 밑의 수압을 견딜 수 없을 것이다. 그저 내려가기만, 네가 사는 곳으로 돌아가기만 하면 돼. 그냥 달아나. 그렇게 하기만 하면 되는데 도대체 왜 그렇게 하지 않고 여기에 머무는 걸까.

신뢰라는 건가. 유진은 네하를 바라보며 중얼거렸다. 그리고 이대로는 안 된다는 생각에 또다시, 이번에는 전보다 더욱 크게 소리 질렀다.

"도망쳐, 제발. 그냥 도망쳐!"

유진은 네하가 붙잡고 있는 잠수정의 창문을 두드렸다. 네하는 그런 유진을 바라봤다. 잔뜩 구긴 얼굴과 슬픔을 가득 담고 있는 듯한 눈매. 뭐라 형언할 수 없는 표정이었으나 그게 좋지 않은 감정의 종류라는 것만은 알 수 있었다.

인간은 왜 저런 표정을 하고 있는 걸까. 눈앞에 있는 인간과 뒤에 있는 인간은 무엇이 다른가. 잠깐 생각하기 위해 주춤한 찰나, 석주가 여섯 번째로 던진 그물의 모서리가 네하의 등지느러미 끝부분에 가 닿았다. 모서리에 삐져나온 날카로운 갈퀴가 지느러미를 쓸고 내려가면서 단단하게 고정되었고, 그것을 본 네하는 당황해 몸을 이리저리 비틀며 갈퀴를 빼려고 시도했다.

이 기회를 놓칠 석주가 아니었다. 석주는 운전석에서 일어선 채로 출력을 과부하시켜 그물을 최대한도로 끌어댔다. 그물에 고정된 톱니바퀴가 한 번 크게 회전할 때마다 네하는 힘없이 끌려갔다. 유진은 사색이 된 얼굴로 앞뒤 가릴 것 없이 그대로 석주의 잠수정 쪽으로 돌진했다.

네하는 버둥거리면서 지느러미에 꽂힌 긴 줄을 떼어 내려고 안간힘을 썼다. 하지만 조금씩 끔찍한 얼굴의 인간 쪽으로 자신이 끌려가고 있는 것을 느낄 수 있었다. 그래, 어쩌면 베디의 말이 맞을지도 몰라. 이게 끝일지도 모른다고 생각하니 네하의 머릿속에서 키라의 모습이 떠올랐다. 역시 키라와 함께 오는 것이 좋았을까.

네하의 지느러미가 석주의 잠수정 바닥에 거의 닿기 직전이었다. 네하는 조그맣게 반짝이는 불빛을 발견했다. 은은하고 포근하게 반짝거리는 빛이 키라의 그것을 참 닮았다고 생각하던 찰나, 갑자기 시야가 어두워졌다.

"네하!"

엄청난 파도가 덮쳐 한 치 앞도 보이지 않는 상황에서, 누군가가 네하의 팔을 잡아끌었다. 네하는 반사적으로 자신의 지느러미 끝을 확인했다. 정확히 알 수는 없으나 네하를 끌어당기던 이상한 기계가 사라진 것 같았다.

"내가, 아니 우리가 왔어. 저기 베디 장로가……."

키라의 다급한 목소리에 네하는 정신을 차렸다. 그리고 키라가 가리키는 곳을 바라봤다. 그곳에 베디가 서 있었다. 지금까지 본 적 없는 표정, 화가 잔뜩 난 표정으로 베디가 양손을 들어 무언가를 바라보고 있었다. 베디가 떠 있는 곳 주변은 거대한 파도가 벽이 되어 베디를 둘러싸고 있었고, 베디 주변의 바다는 이제까지 본 적 없는 모습으로 모든 것들을 씹어 삼킬 듯 요동치고 있었다.

"베디의 능력이 너를 구했어. 저것 봐, 인간들이⋯⋯."

키라가 가리키는 곳에 산산이 부서진 잠수정 사이로 인간 둘이 표류 중이었다. 베디는 인간들을 바라보며 그 주변에 다시 한번 거대한 물보라를 일으키려 했다.

"아니야, 안 돼!"

네하는 곧바로 몸을 틀어 바다 깊은 곳으로 떨어지는 인간들을 향해 돌진했다. 키라는 그런 네하를 말리기 위해 손을 뻗었지만 늦고 말았다. 그러자 베디가 고개를 돌려 네하를 저지했다. 네하는 베디가 만들어낸 파도 사이사이를 뚫고 유진을 향해 나아갔다. 원래 모습을 생각할 수도 없을 정도로 박살 나버린 잠수정, 유진과 네하 사이에 놓여 있던 유리창, 네하를 괴롭히던 그물과 그물이 달려 있던 거대한 톱니바퀴가 산산이 조각나 바닷속에 물방울처럼 흩뿌려졌다. 네하는 자신의 손과 등, 다리가 긁히는 줄도 모른 채 유진만을 바라보며 움직였다.

"네하⋯⋯."

베디는 네하를 막기 위해 한 번 더 손을 움직였지만, 베디가 보낸 파장과 파도의 광풍은 숨을 헐떡이고 있는 석주 쪽에 닿고 말았다. 그대로 석주는 자신이 타고 온 잠수정의 잔해를 끌어안다시피 하며 심해의 깊은 곳으로 떨어졌다.

예기치 못한 파도를 만난 유진은 무방비 상태로 바다에 노출되었다. 깨진 유리창 사이로 차가운 물이 들어와 유진을 덮쳤고, 숨을 최대한 참은 채 잠수정을 탈출해 바다로 나왔지만 어떻게 해야 할지 방도를 몰랐다. 차가운 물이 유진의 온몸을 감쌌다. 수없이 들어온 바다였지만 수트 없이 무언가를 하기에 유진은 너무 작고 보잘것없었다.

갑작스러운 상황이었기에 호흡이 제대로 잡히지 않았다. 헐떡거리는 심장을 달랠 길이 없어 유진은 그대로 바닷물을 입과 코로 받아들였고, 몇 번의 기침과 동시에 정신을 반쯤 잃고 말았다.

네하는 온몸에 힘이 빠진 유진을 안아 올려 그대로 물 위로 향했다. 그 모습을 바라본 키라와 베디가 주춤했으나 네하는 두 발라비가 막을 수 없을 정도로 빠르게, 있는 힘껏 헤엄쳤다.

'인간은 이곳을 견디지 못합니다' 네하의 머릿속에 예전에 베디로부터 엿들었던 그 말 한마디가 온통 가득했다. 유리창을 사이에 두고 서로를 관찰해야 했던 이유. 그 이유가 아마도 그게 아닐까. 그러니 이대로라면 이 인간은 죽고 만다. 인간이 물속에서 살 수 없다면 인간을 물 밖으로 꺼내주어야 했다. 그게 어떤 위험으로 다가오든지 말이다.

육지가 가까워오자 바다 표층을 뒤덮고 있는 기름막이 미끌거리고 기분 나쁘게 네하와 유진의 몸을 감쌌다. 난생처음 느끼는 감촉이었으나 네하는 아랑곳하지 않았다. 지금까지 살면서 단 한 번도 겪지 못한 바다였기에, 오히려 육지 그러니까 인간이 사는 곳이 더욱 가까워졌음에 안도했다. 그 이후에 있을지 모르는 문제를 생각할 겨를이 없었다.

살아야 해. 살려야만 해.

네하는 유진을 끌어안은 채 바다에서 빠져나왔다. 텁텁한 공기와 자욱한 안개가 네하를 맞았다. 머리가 지끈거리고 눈 주변이 매캐한 기분이 들어 네하는 연신 눈을 깜박였다.

물에서 가장 가까운 곳에 유진을 눕혔다. 이제 괜찮은 걸까. 유진은 가쁜 숨을 쉬며 눈을 뜨지 못하고 있었다. 어떻게 해야 할까. 뭘 해야 할까. 네하는 자신의 지느러미가 조금씩 마르고 있는 것도 모른 채 손을 덜덜 떨었다.

인간을 살리는 건 어떻게 해야 할까. 베디라면 다를까. 키라라면 생각해낼 수 있을까. 네하는 눈을 질끈 감았다. 가슴이 답답했다. 나는 왜 아무런 능력 없이 태어난 걸까. 바다를 움직이고 갈라지게 하는 능력, 빛을 밝혀 누군가를 인도하는 능력. 그런 것이 왜 나에게는 없는 걸까.

'아직 발현되지 않은 내 능력을 인간의 목숨과 맞바꿀 수만

있다면. 그럴 수 있다면.'

네하는 유진의 팔을 잡고 답답하고 터질 것 같은 마음을 애써 누르며 간절히 빌었다. 그러자 곧 그 말을 정말로 누군가가 듣기라도 한 듯 네하와 유진이 앉은 곳이 환하고 선명하게 밝아졌다.

유진은 콜록거리며 가까스로 눈을 떴다. 그리고 눈앞에 펼쳐진 광경을 보며 다시 두 눈을 비빌 수밖에 없었다. 아주 오래전에 보았던 새파란 하늘과 옅은 무지개. 그것들이 자신을 감싸고 있었고 그 중심에 네하가 있었다. 내가 꿈을 꾸고 있나? 아니다, 꿈이 아니었다. 유진은 두어 번 자신의 뺨을 쳤다.

그 소리에 네하가 고개를 들었다. 죽지 않고 다시 일어나 자신을 바라보는 인간. 그 사실 자체가 네하는 더없이 기뻤다. 유진을 감싸고 근처의 대기를 깨끗하고 아름답게 만드는 영롱한 작은 원형의 빛이 자신으로부터 뿜어져 나오는 것도 모른 채 말이다.

네하의 주변에만 은은하게 퍼져 있는 아름다운 불빛. 마치 만화경을 들여다보는 것처럼 전혀 다른 세상이지만, 유진에게 너무도 익숙한 먼 과거의 온전한 바다. 먼지 하나 티끌 하나 없는 영롱한 바다의 모습 그대로가 투영되고 있었다. 유진은 자신의 팔을 두르고 있는 네하의 손을 잡았다. 따듯하고 오묘한 감촉이 손바닥 안으로 느껴졌다.

둘을 가로막는 유리창은 이제 없다. 유진은 영원히 끝나지 않기를 바라는 이 상황이 지속될 수 없음을 알고 있었다. 네레이드의 능력이 자신을 살렸으나 네레이드와 이대로 함께 살 수는 없다. 바다로 반드시 돌아가야 한다.

"유진."

떨리는 목소리로 유진은 자신의 이름을 말했다. 유-진. 또박또박 발음하는 유진의 말과 입 모양을 네하는 유심히 바라봤다. 찬란한 빛무리 사이로 유진이 말을 건넸다. 그것이 어떤 뜻인지 알 수 없었지만 네하는 그걸 이 인간의 이름이라고 기억하기로 했다.

둘을 감싸는 빛무리가 희미해지자 곧 네하의 다리 끝에 통증이 느껴졌다. 네하는 유진을 잠시 바라본 후 곧 뒤를 돌아 바다로 뛰어들었다. 혼탁하고 더러운 바다의 표면은 네하의 빛과 닿으며 잃었던 색과 공기를 잠시 동안 재현해냈다.

유진은 말없이 네하를 바라보며 팔을 크게 흔들었다. 그러자 네하도 유진을 바라보며 똑같이 행동했다. 그리고 네하는 곧 수면 밑으로 사라졌다. 바닷속으로 깊게 잠기는 네하의 지느러미 끝을 바라보며, 유진은 저것보다 아름다운 건 세상에 존재하지 않을 거라고 생각했다. 그러자 곧 참았던 무언가가 터져 나왔다. 유진은 앉은 자리에서 동이 틀 때까지 몇 번이고 꾹꾹 눌러 담은 울음을 쏟아냈다.

네하는 바다를 익숙한 몸짓으로 가로지르며 빠른 속도로 헤엄쳤다. 인간을 만나고야 가까스로 발현된 네하의 능력은 이제 희미해져갔다. 어쩌면 생애 단 한 번 빛을 발한 것일지도 모르는 이 능력이 네하는 아깝지 않았다.

네하는 곧 도래할 미래를 잘 알고 있었다. 이대로 내려가면 아마 다시는 인간을 만나지 못할 것이다. 살아 돌아가는 걸 감사해야 한다는 것도 알고 있었다. 발라비의 일원으로 이제야 발휘하게 된 능력은 누구에게도 말할 수 없지만 괜찮았다. 인간을 구했으니까, 그것으로 족했다.

곧 네하를 감싼 찬란한 원이 사라지고, 네하의 팔과 등에 희미한 직선이 자리했다. 그것이 뭍을 나갔기 때문인지 혹은 인간과 접촉했기 때문인지 알 길은 없었다. 자신의 몸이 변화했다는 걸 네하 스스로 깨닫게 된 건 그로부터 몇 달 뒤였다.

네하와 유진을 모두 구했던 네하의 능력은 그 뒤로 단 한 번도 발현되지 못했다. 육지에서 쏟아지는 햇빛을 더 이상 만날 수 없게 된 것도 마찬가지다. 베디는 네하에게 분노했지만 다급하게 먼 곳으로 떠나야 하기도 했고, 무엇보다 인간과 마주쳤으나 무사히 생존했다는 사실 때문에 네하의 모든 행동을 용서하기로 했다.

발라비들은 육지의 빛이 조금도 닿지 않는 아주 깊은 심해로 이주했다. 그곳은 바다 위에서 인간으로 말미암아 떨어지는 잔해도 닿지 않는 곳이며 발라비의 천적은커녕 발라비의 자원이자 먹이가 되는 생물도 전무한 곳이었다. 하지만 언제나 그렇듯 발라비들은 금세 적응했다. 그들에게 이제 금지구역이란 존재하지 않았다. 인간의 손이 닿지 못할, 우연히라도 발견할 수 없는 지도와 레이더 바깥의 아주 멀고 먼 곳으로 발라비들은 영영 사라졌다.

네하는 전보다 깊은 바닷속 심연에서 이따금 유진이 살고 있을 방향으로 멀리 시선을 옮겼다. 겹칠 수 없는 두 존재가 잠시 만났다 각자의 길로 사라진, 아주 찰나의 교집합. 그 접점의 순간은 어디에도 기록할 수 없으며 누구에게도 말할 수 없다. 하지만 네하가 생을 다할 때까지도 그날의 만남은 네하를 떠나지 않을 것이다.

유진. 네하를 다정한 눈길로 바라봐준 인간의 이름. 발라비를 닮고 발라비가 처음으로 마주한 존재의 이름. 네하가 영원토록 기억하고 잊지 못할 단 하나의 이름이자 처음이자 마지막으로 접했던 인간의 언어였다.

　만일 죽을 때까지 단 하나의 단어만 기억할 수 있다면, 아마
도 그건 이 세상에서 가장 사랑하는 대상의 이름이 될 것이다.
평화, 안정, 결속, 투쟁과 같이 가슴을 뛰게 만들거나 그 자체
로 숭고함을 간직하고 있는 단어가 아니라, 누군가가 지어주
거나 혹은 자신이 직접 지어 불리고 사용되는 이름 말이다. 영
원토록 기억하고 싶은 대상을 우연히 만났을 때 만일 그 이름
이 서로에게 도달하지 못한다면, 다시 말해 영원히 해석되지
못할 언어를 각자 사용하고 있다면 그들은 어떻게 자신들을
막고 있는 장벽을 기어코 뚫어낼까. 이 소설은 거기서부터 시
작되었다. 육지의 인간과 심해 생물이 겹쳐져 서로의 이름을
불확실하게나마 주고받는 순간을 위해, 오로지 그 순간만을

위해 달려왔다고 할 수 있다.

앞으로 기억해야 할 이름들은 몇 가지 정도 될까. 봄의 어느 날 바다에서 며칠을 부유하던 이름들, 가을의 끝자락에서 갑자기 사라져버린 이름들, 이 겨울 복판에 국회에서 울부짖는 음성으로 호명되던 이름들, 거대한 파도와 싸우다 세상을 떠나고 나서야 기억되는 이름들. 분노와 울분과 회한으로 뭉쳐진 이름을 알고 기억해야만 하는 순간들이 너무도 많다. 잊지 않음을 약속하며, 놓치지 않을 것을 다짐하며, 그럼에도 슬픔의 방식으로 기록되는 각자의 이름들을 마주할 일이 더 이상 없었으면 한다. 정말로 그렇다.

우리에게 남은 날의 빈칸은 부디 아름다움으로 채워지기를 바라며. 그리고 그것을 지키기 위해서 싸울 것을 약속하며.

강민영

작별의 현
ⓒ 강민영, 2024

초판 1쇄 인쇄일 2024년 12월 20일
초판 1쇄 발행일 2025년 1월 6일

지은이   강민영
펴낸이   정은영
편집   최웅기 박진혜 정사라
디자인   홍선우
마케팅   최금순 이언영 연병선 송의정
제작   홍동근

펴낸곳   네오북스
출판등록   2013년 4월 19일 제2013-000123호
주소   04047 서울시 마포구 양화로6길 49
전화   편집부 (02)324-2347, 경영지원부 (02)325-6047
팩스   편집부 (02)324-2348, 경영지원부 (02)2648-1311
이메일   neofiction@jamobook.com

ISBN 979-11-5740-448-3 (03810)